Ibarakino
茨木野
[イラスト]
麻先みち
Michi Masaki
2
JN022304
錬金術師は
まに旅する
Tensai Renkin Jutsushi ha Kimamani Tabi Suru
~500年後の世界で目覚めた
世界最高の元宮廷錬金術師、
ポーション作りで聖女さま扱いされる~

セイ・ファート
500年後の世界に
目覚めた
元宮廷錬金術師。
天才的なポーション
技術の持ち主。
ダフネ
ラビ族の少女。
かわいい。

トーカ
火竜人の少女。
力がつよい。
シェルジュ
魔導人形のロボメイド。
高性能だが毒舌。
ゼニス
エルフの少女。
かしこい。

「シェルジュ。
上級ポーションをよこせ」
薄紅色のポーションを、
シェルジュが取り出す。

天才錬金術師《れんきんじゅつし》は気ままに旅する

Tensai Renkin Jutsushi ha Kimamani Tabi Suru

〜500年後の世界で目覚めた
世界最高の元宮廷錬金術師、
ポーション作りで聖女さま扱いされる〜

2

Ibarakino
茨木野

［イラスト］
麻先みち
Michi Masaki

一章

Tensai Renkin Jutsushi ha Kimamani Tabi Suru

私の名前はセイ・ファート。どこにでもいる普通の錬金術師だ。

元は宮廷で働いていたのだが、ある日王都にモンスターの大群が押し寄せてきた。

身の危険を感じた私は仮死状態となってやり過ごすも、気づけば五〇〇年も時間が経過していた。

まいっか！　と開き直った私は気ままな旅に出る。

奴隷ちゃんズとロボメイドとともに、今日も私は旅を続けるのだったが……。


「し、しつこい……」

私たちは森の中で野宿している。

たき火をつつきながら、はぁ……とため息をついた。

私の隣にはラビ族の奴隷ちゃん、ダフネちゃんがいる。

うつらうつらと船をこいでいた。

「ダフネちゃん、寝てもいいわよ」

「はっ！　おきてる……れ……ふ……」

「いいのよ。さ、荷車で寝ましょ」

「やぁー……いっしょ……」

あらやだこの子、私のそばにいたいのね。

くっついてきていやいやと首を振る。可愛《かわい》いわー。

「主殿ー見回りしてきたでござるー！」

背の高い赤髪の女性。

トーカちゃん。元々は蜥蜴人《リザードマン》だったけど、今は進化して火竜人となった。

竜っぽい角が生えてるのと、お尻から尻尾が生えてること以外人間に見える。

背やおっぱいがおっきいのが特徴。

「で、どうだった？」

「まだ、追ってきてるでござるな」

「しっつこーい……はぁ……」

エルフ奴隷のゼニスちゃんを家族に会わせることができて、旅は順調かなーって思った矢先。

私たちは一つの問題に直面していた。

「すみません、そこの旅のお方」

うげ、きたー……。

まあ【準備】はできてるので、くるっと振り返る。

「はい、なんでしょう？」

そこにいたのは銀の鎧《よろい》に白いマントの騎士だった。

聖騎士、というワードがぴったりくる見た目。

さもありなん、この人たちは聖騎士という職業についてる、らしい。

「このあたりで、銀髪の若い女性を見かけなかったでしょうか。特徴としては、ポーションを使って様々な奇跡を起こしているという」

奇跡かどうかは知らないけど、ポーションを使っている、銀髪の若い女なら知っている。

私だ。

けれど、私はこう答える。

「いいえ、存じ上げませんねえ」

銀髪に若い女の私がそう答える。

普通だったら、んなばかなこと言うなって反論されただろう。

てゆーか、問答無用で捕まっていたと思う。

「そうですか。見かけた際は、近くの街の【教会】までご一報ください」

「ええ、ええ、わかりました」

聖騎士は私たちのもとを去っていく。

やれやれだわ。

さて、彼が銀髪の乙女（※自称）をほっといて、去っていくのはなぜか？

彼の目が節穴であるわけではない。

「いやぁ、認識阻害ポーション、便利ねぇ」

私の新作ポーションである。

最近つきまとわれるようになったので、新しいポーションを開発したのだ。

私は錬金術師である。最も得意なのはポーションの作成。

回復だけでなく、飲めばすごいパワーを得られたり、魔法みたいな効果を発揮するポーションも作れる。

私が服用している認識阻害ポーションは、文字通り【他者から正しく認識されなくなる】ポーション。

知り合いじゃない人からは、私はしわくちゃおじいちゃんに見えるのだ。

奴隷ちゃんにも飲ませており、それぞれ異なった見た目になるように調整してある。

「はーもー！　うっざいわーー！」

端から見たら、おじいちゃんが女みたいなしゃべり方で、バタバタと手足を動かしてることだろう。

「……セイさま。買い物行ってまいりました」

「ゼニスちゃーん！　おかーえりっ！　おいでおいで」

やせっぽちなエルフのゼニスちゃん。

実は元王女なのだが、今はこうして私と一緒に旅を続けている。

手には紙袋を持っている。

この先にある街に行って、偵察と買い物をしてきてもらったのだ。

まあ認識阻害ポーション飲んでるから大丈夫だろうけど、万一あの聖騎士の前でポーションきれたら、大事《おおごと》だものね。

ということでゼニスちゃん、ロボメイドのシェルジュ、そして地竜のちーちゃんで買い物に行ってもらってたわけ。

ゼニスちゃんはちょっとためらったあと、ダフネちゃんが座ってるのと逆側に腰を下ろす。

控えめに、けれどぴったりよりそってくるゼニスちゃん、きゃわですね。

「街の様子はどう？」

「……だめですね。近隣の町や村には、あの白装束の騎士たちが相当数、徘徊《はいかい》してます」

「まじかー」

そう……問題とはこれだ。

最近やたらと、あの聖騎士たちにからまれるのである。

「私、何かやっちゃったかなぁ？」

すると前髪で片目を隠しているロボが、はぁ……とため息をつく。

「今まで何もしてなかった方が少なかったと、メモリに記録されてます。以上」

「えー……私ただ気ままに旅してるだけじゃん？」

「城の破壊、悪政を敷く悪者の成敗、エトセトラ。以上」

「あーあー、聞こえなーい」

まあ多少はね？

ちょーっと暴れたり説得（物理）したりしましたよ？

でも聖騎士に狙われるような犯罪は、してないと思うんだけどねえ……。

「認識阻害ポーションがあれば旅は続けられるけど、こうもつきまとわれたらうざいことこの上ないわ。はーあ、また仮死状態にでもなろうかしら」

「……え」

ゼニスちゃんが、ショックを受けたような顔になる。

なんで……？　ああ！　そうか。

「だ、大丈夫大丈夫！　大事なあなたたちをほうって、一人で仮死状態になんてならないから！　死ぬならみんな一緒よ！」

「マスター、完全に自殺者の発言です。以上」

うっさいなこのロボは！

まあそうよね、私一人が仮死状態になって、目ざめたら奴隷ちゃんズみんな死んでる、なんてこと嫌だもの。

ゼニスちゃんはエルフで長命だし、シェルジュはロボだから年を取らないけど、ダフネちゃんとトーカちゃん、それにちーちゃんは死んじゃうわ。

そんなのは嫌よ。

私、みんな大好きだもの。

「ってなると……やることは一つね！」

「あうう……やぁ……うるしゃい……」

「あ、ごめんごめん……ダフネちゃん……」

「んにゅー……」

ダフネちゃんを起こさないように、小声で私が言う。

「……みんな聞いて。次の方針が決まったわ」

びしっ、と私は明後日《あさって》の方向を指さして言う。

「海、よ！」

☆

私たちはアネモスギーヴ北端、【ヒダ・カーヤ】という港町にやってきていた。

ここヒダ・カーヤは貿易の街で、ここからはたくさんの船が出ている。

「マスター、これからどうするんですか？　以上」

「船を調達するわ。そして海に進出するのよ！」

びしいっ、と私は海を指さす。

びしゃぁ〜……と雨が私たちの体を打つ。

「あめなのです〜」「大雨でございますなぁ」「……これでは船が出航しませんね」

なんてこったい。

雨がやむまで待つしかないかぁ。

とか思って三日が経過。

「長すぎぃ……！」

ヒダ・カーヤの街の宿屋にて。

雨が上がるのをずうっと待ってたのに、まったく上がる気配がないわ！

「こうなったら天候操作のポーションを……」

「マスター。慈雨のポーションをはじめ、ポーションを使った天候操作は、後の生態系を乱すことになりかねません。以上」

「わ、わかってるわい……はぁ。雨上がらないなぁ。なんでこんな長雨降ってるの？　梅雨？」

買い物に行ってくれてたゼニスちゃんが首を振って言う。

「……どうやら精霊の影響のようです」

「精霊？」

「……はい。水の大精霊ウンディーネの影響で、この雨が続いてるそうです」

あ、なんだ。

なーんだ。そうだったのね。

「よっしゃ、じゃあ行くわよみんな！　あれを着て！」

「はーいなのです！」

私の作った魔道具を、ダフネちゃんが手に取る。

それは一見すると単なる外套《マント》。しかしてその実態は、雨をはじく不思議な外套。

名付けて【雨外套《レイン・コート》】！

ゼニスちゃん雨に濡《ぬ》れてかわいそうだったから、ちゃちゃーっと作ってみました！

「……セイさま。改めてですけど、これ……ほんとにすごい魔道具ですよ」

魔道具とは、魔法の効果を発揮する不思議な道具のこと。

魔力を込めればあかりがつく魔力灯とかのことね。

「え、そう？」

「……はい。これなら雨の中でも、気にせず長時間の活動ができます。しかも傘と違って両手がふさがらない」

この世界で雨の日の外出に必須なのは傘。

傘以外使ってる人を見たことない。

そこでこんなのあればいいかなーって思ってちゃちゃちゃーっと適当に作ったら、できただけだ。

「……流通に乗せたらかなりの利益を得られると思いますが」

「え、しないよそんなこと」

「……ど、どうして？」

「だって別に、お金なんてどーでもいいし」

この世界ではポーションが非常に高値で売られている。

理由は不明だけど、ま、ほぼタダで作れるポーションを、めちゃくちゃ高値で買ってもらえるのはありがたい。

旅の資金に困らないからね。

「お金は関係ないの。私はねゼニスちゃん、あなたが濡れて、嫌な思いしてほしくないなーって、ただそれだけで開発したの」

「……セイさま」

潤んだ瞳をゼニスちゃんが向けてくる
心なしか頬が赤いわ。あらやだ風邪？

「お薬、飲む？」

「……い、いいえ。これは別に」

エルフ国での一件があってから、妙にゼニスちゃん、挙動不審なのよねぇ。

目が合うとそそくさとそらされたり、こっちから抱きつくと、すごく照れるようになって。

「思春期かしら」

「草。以上」

「草？　薬草のこと」

「マスターの錬金術以外の知識が、のきなみ低レベルということです。以上」

「おほほ、このロボ、スクラップにして海に沈めてやろうかしら」

「防水加工済みです。施したのはマスターです。以上」

ああそうだったわね、ちくしょう。余計なことを。

「そんなわけで、じゃ、ウンディーネのとこに行くわよ！　で、どこにいるの？」

「……リィクラ岳です」

シェルジュが地面にマップを表示させる。

このロボいろいろ便利機能がついてるの。

その一つに、マップ情報を記憶・記録させ、こうして光の魔法で地面や空中に投射するというもの。

目からビームのように光が出てるから、ちょっと怖い。

リィクラ岳はここから東に行ったところにあった。

「……途中、山岳地帯を通り抜けます。そこは野盗たちがねぐらにしてるとか」

「へー。ま、大丈夫でしょ。みんな強いし、ね！」

トーカちゃんは槍《やり》の名手、シェルジュは一通りの格闘術と銃が使える。

ゼニスちゃんは魔法が使えるし。

ダフネちゃんは……。

ダフネちゃんは……。

「わくわく」

「可愛い！」

「わーい！」

ま、冗談はさておき、ダフネちゃんは耳がいいので、盗賊に奇襲をかけられるなんてことはない。

奴隷ちゃんズとロボメイドがいれば、ま、大抵なんとかなるでしょう。

「大丈夫なのです！　お姉ちゃんがいるから！」

あれ？

ダフネちゃん？

「そうでございますな！　主殿がいれば、ま、大抵なんとかなるでござる！」

ちょっと、トーカちゃん？

「……セイさまはお強いですから」

「マスターがいれば魔王も邪神も無問題です。以上」

「あ、あれぇ……？　おかしいな、私はか弱い錬金術師なのに」

するとみんなきょとんとした表情になった。

シェルジュだけが「何言ってるんですかね、この無自覚ポーション無双女は。以上」となぜかあきれていた。

あとでこのロボは海に沈めておこう。

まあなにはともあれ、私は海を渡るため、この大雨をとめるべく、原因であるウンディーネのもとへと向かうのだった。

☆

精霊が住むのはリィクラ岳という場所らしい。

港町を出発して、東へ向かって進んでいくとやがて森にさしかかる。

がたん、と竜車が停まった。

「シェルジュ。どうしたの？」

御者はロボメイドにやらせている。

雨にいくら濡れても防水加工なのでＯＫなのよ。

「トラブルのようです。話を聞いてまいります」

ほどなくしてロボメイドが戻ってきた。

「どうやらこの先の川が大雨の影響で増水し、川にかかっていた橋が崩落したようです」

「ほーらくってなんなのです？」

「崩れ落ちたってことよ」

なるほどーと感心するダフネちゃん。どうやら状況があんまり理解できてないのかな。

しかし橋が壊れたのか。

「私が錬金術でぱぱっと直そうかね」

「……しかし川が増水してるのであれば、橋を直しても、また壊れてしまうのではないでしょうか」

「お、確かに。ゼニスちゃん頭いいね！」

「……あ、ありがとうございます」


ゼニスちゃんが顔を赤くしてもじもじしてる。最近この娘《こ》挙動が変なのよね。

まあ可愛いからいいけど。

「主殿、川の水をポーションで減らすことはできないのでござるか？　蒸発させるとか」

「うーん、一時的な増水ならまだしも、雨が降り続いてる状況だからね。水の量減らしてもすぐまた戻るだろうし……うん。シェルジュ、地図」

ロボメイドに周辺の地図を表示させる。

ふむふむ。

「よし。シェルジュ、トーカちゃん。悪いんだけど力仕事お願いしたいの」

「合点承知！」

「マスター、ロボ使いが荒くないですか？　以上」

「トーカちゃんはともかくあんたは疲れないでしょ？」

私たちは川から離れた森の中へと移動。

「じゃ、手はず通り。まずは伐採からよろしく」

「応でござる！」

「やれやれ。労働基準法違反です。以上」

トーカちゃんは斧《おの》で、ロボメイドは腕を変形させたチェーンソーで、指示した一帯の森の木を伐採していく。

師匠の工房でパワーアップしたトーカちゃんからすれば、どんな木だろうと豆腐のようにスッと切れる。

二人はあっという間に森の木を切り終え、竜車に戻る。

「お疲れさまトーカちゃん。あとは私とこのロボがやるから、中で休んでて」

「わかったでござる！」

「とーかちゃん、タオルなのですー！」

「おー！　ダフネ、気が利くのでござるー」

「だふねがごしごしするのです！」

ダフネちゃんがトーカちゃんの髪の毛をわしわしと拭く。

ほんと仲いいわねー奴隷ちゃんズは。

私はシェルジュと一緒に竜車の外へ出る。

雨外套を身につけているとはいえ、顔に雨が当たってうっとうしいわー。

「そんじゃ行くわよロボメイド」

「……セイ様。私もお供いたします」

ゼニスちゃんも後ろからついてきた。

「雨に濡れるから待ってればいいのに」

「……いえ、見学させてください」

「ん。ま、別にいいわよ」

まあ本人がいいって言うならいいか。好きにさせてあげよう。

私は伐採した森の中にいる。

「シェルジュ。上級ポーションをよこせ」

上級ポーション。魔法ポーションとも言う。

薄紅色のポーションを、シェルジュが取り出す。

魔法ポーションは作成者の魔力に反応して効果を発揮するので、どーしても私が自分の手で使わないとだめなのよね。

地図機能のついてるシェルジュに指示してもらい、私はポーションを地面に垂らしながら歩く。

「……セイ様は、いったい何をなさるつもりですか？　トーカに木を切らせて」

「んー？　川の水を減らすために、川を造るの」

ぽかん……とゼニスちゃんが口を開いている。あら可愛い。

「……か、川は造れるものなのですか？」

「まあね。正確には支流を造る感じかな。水をそっちに逃がすことで水量を減らすの」

大きな一本の川から、もう一本の別の川を造る。すると水がそっちに逃げるので水かさが減るという寸法だ。

「……理屈はわかりましたが、そう簡単に川なんて造れるのですか？」

「うん。そこでこのナンバー11の出番ですよ」

私はポーションをどぼどぼと地面にまきながら進んでいく。

川の近くからスタートして、ゆっくり半円を描くように歩きながら、やがてまた川縁《かわべり》に戻ってきた。

「よし。あとはこのA液の上に、B液を垂らす」

今までまいていた薄紅色のポーションA液に対して、今度は青いポーションB液を垂らす。

すると……。

ちゅどどどどどどぉおおおおおおおおおおおおおおおおおん！

連鎖的に爆発が発生する。

「きゃっ！」

びっくりしたゼニスちゃんが私の体に抱きついてくる。

「大丈夫大丈夫。私が人為的に起こした爆発だから」

「……ば、爆発を起こした？」

「そ。【爆裂《エクスプロージョン》ポーション】。薬品を混ぜることによる化学反応で、爆発を起こすポーションよ」

液体をまいたところに爆発が起きるようになっている。

川縁から半円を描くようにポーションをまいたため、その部分の地面がえぐられ、そこへ水が流れ込む。

途中で広めの湖ができるようにまいておいたので、まあ支流が氾濫することはないだろう。

水の勢いと水量から計算して、氾濫しないように貯水湖を造ったから、大丈夫だろうね。

「なんだ爆発か!?」「み、見ろ！　川の水がドンドン減っていく！」「ほんとだ！　どうなってるんだ!?」

川の前で立ち往生していた商人や旅人たちが驚いてる。

その間に私は壊れた橋の前へとやってきた。

「あとは壊れたこの橋に、【修復《リバース》ポーション】をかけてっと」

砕け散った石造りの橋が、みるみるうちに元通りになっていく。

水量も減ったので、これで橋が壊れることもないだろう。

「見ろ！　今度は橋が直ってる!?」

「ど、ど、どうなってるんだぁあああああああ！」

驚いている商人たちをよそに、私たちは竜車へと戻る。

「……お見事ですセイ様っ。まさか川をもう一本造ってしまうなんてっ」

「やーやーどーも」

私は幌《ほろ》付きの荷車へと入る。

「おねえちゃんおかえりなのです！」

「温かいお茶を用意しておいたのでござるー！」

「お、ありがとー二人とも」

「だふねがぎゅってして温めてあげるですー！」

ぎゅーっとダフネちゃんが抱きついてきて、私は魔道具で温めた紅茶を飲む。

その間に竜車は問題なく橋を通過し、向こう岸へと到着。

「マスター。私へのねぎらいがありませんが。以上」

「はいはいお疲れ」

「そのうちスト起こします。以上」

☆

セイたちが海外逃亡に向けて動いている一方、その頃。

三人組のパーティが雨の中を歩いている。

Sランク女冒険者フィライト。

その恋人で同じく冒険者のボルス。

そして刈り込んだ金髪に、白銀の鎧を身に纏《まと》う、聖騎士のウフコック。

「しかしよぉ、すげえ雨だなぁ」

ボルスが頭上を見上げる。

バケツをひっくり返したような大雨とはこのことか。

先ほどから絶え間なく大雨が降り続いている。

外套を頭からかぶってはいるものの、水をはじくことはなく、ずぶ濡れである。

「おいフィライト。ちょっと木陰で休憩しようぜ？　このままじゃ風邪ひいちまうよ」

彼がいるのはエルフ国アネモスギーヴの北東部にある森の中。

ボルスがそう提案するものの、しかしフィライトは首を振る。

「だめですわ。一刻も早く、銀髪の聖女さまに追いつかねばなりませんのよ！」

銀髪の聖女とはセイ・ファートの俗称である（本人は知らない）。

行く先々で奇跡（※誤解）を起こしている結果、そんなあだながついているのだ。

フィライトたちは天導教会《てんどうきょうかい》よりも早く銀髪の聖女に接触し、彼女を仲間に引き入れたいと思っている。

それはこの世界が治癒の手段のとぼしい世界となってしまっているからだ。

ポーション作成技術は劣化しており効きが悪い。

また、大がかりな怪我《けが》の治癒や蘇生《そせい》などの技術は、天導教会が独占している。

彼らからの恩恵を受けるためには大金が、そして何より治癒の扱える天導教会所属の聖女が必要となる。

しかし銀髪の聖女は違う。

天導教会に所属しない野良の聖女だ。

大金をせしめる天導教会の聖女よりも、無償で人々を救っているセイを、冒険者であるフィライトは崇拝している。

またボルスや彼の上司であるギルマスとしても、そんな都合のいい存在が仲間になってくれたら助かる、と思っている。

だから二人は（温度差こそあれ）、セイと接触したいと考えている。

……もっともフィライトの方は、セイという素晴らしい聖女に会いたい！　という気持ちの方が強いのだが。

「しかしよぉ、フィライト。銀髪の聖女さまの足跡が、王都ギーヴでぴったりと途絶えちまってるじゃねえか。手がかりがない状況だし、いったん情報を集めた方がいいんじゃねーの？」

「そ、それは……まあ……」

王国から人外魔境《スタンピード》を経て、ここエルフ国アネモスギーヴへとやってきたフィライトたち。

王都ギーヴで悪なる王（森の王）を成敗したという噂《うわさ》は耳にした。

その後、新しい王……聖王として就任するはずだったが、なぜかその日のうちに消えてしまったそうだ。

「どこ行っちまったんだろうなぁ、聖女さまは。王になるのがめんどっちかったのかな？」

「はぁ!?　そんなわけないじゃないですか！」

「……そうだぞ。聖女さまがそんなわけがなかろう」

フィライトに賛同するのは、元天導教会の聖騎士ウフコック。

彼女は女であるのだが、セイに助けられたこともあって、彼女に惚《ほ》れてしまったのだ。

途中で出会い、志を一つにしたフィライトとともに、こうしてセイのあとを追っているのである。

「……聖女さまは真面目で素晴らしいお方だ。責務を放り出すような無責任な輩《やから》ではない」

しかし残念ながらセイは無責任な女であった。

ボルスの言が正しかったのだが、ここには白銀の聖女の信者が二名。

多数決で自分の意見は黙殺されてしまう。

厄介な仲間ができてしまった……とボルスは疲れ切った表情でため息をついた。

「その通りですわ、ウフコック。急ぎましょう。聖騎士どもが、聖女さまを捕まえる前に！」

フィライトたちが当てもなく歩き出す。

「しかし、ウフコックさんよ。いいのか、命令に背いてよぉ」

「……ああ、いいのだ」

先日のこと。王都ギーヴには数多くの聖騎士がいた。

そこの騎士団長の一人、エスガルドという男がウフコックに接触。

『ウフコック。業務命令だ。銀髪の聖女を捕縛せよ。これは大聖女リィンフォースさまからの勅命である』

『……ふざけるな！　ぼくは従えない！』

『なんだと、きさま聖騎士のくせに、我らが大聖女さまの言うことを聞けぬというのか』

『……ああ！　ぼくはぼくで勝手にやる！』

……という一幕があり、ウフコックは上司の命令を無視し、こうして独自に聖女を追っているのである。

「しかし天導の聖騎士どもは、銀髪の聖女さまを捕まえてどーしたいんだぁ？」

「……エスガルド曰《いわ》く、大聖女から直々に捕縛命令があったそうだ」

「大聖女？」

「……最高位の聖女のことだ」

「探して何がしたいのかね？」

「……それはわからん。が、ぼくの白銀の聖女さまを捕らえ、きっとひどいことをするつもりだ。くっ！　許せん！」

別にウフコックの聖女でもなんでもないのだが……。

ボルスは面倒だったのでツッコまなかった。

そんなふうに歩いていたそのときだ。

「誰かー！　助けてくれー！」

「！　悲鳴ですわ！　行きましょう！」

フィライトが誰よりも早く、声の方へと走り出す。

ボルスはため息をつきながらそのあとを追おうとする……。

「…………？」

ウフコックはその場に棒立ちになっていた。

「おい、行こうぜウフコック」

「……？　ああ、まあ」

どうにも乗り気ではないようだった。

だが渋々とついてくる。

やがて彼らがやってきたのは、巨大な河川だ。

大雨の影響でかなり増水している。

「お願いします！　子供が、取り残されてしまったのです！」

母親らしきびしょ濡れの女が、周囲に集まった旅人たちに言う。

川の真ん中には大きな岩があり、そこに子供が一人立って泣いていた。

話を聞く限りだと、親子で川を渡ろうとしたところ、あの子だけ流されてしまったらしい。

「こんなときに川を渡ろうだなんて、ちょっと非常識すぎんだろ」

「そんなこと言ってないで、助けますわよ！」

「はいはい……っと、ウフコック、わりぃが手伝ってくれ」

しかしウフコックは首をかしげる。

「……なぜだ？」

「は？」

「……ぼくは聖騎士だ。組織の方針として、天導に所属しない人間は助けない」

「ああ……確かにそうだったたな。あんたらは……」

がしがし、とボルスが頭を掻《か》く。

もたついてる間に、フィライトが川に一人飛び込んでいった。

「フィライト！　ったく……！」

ボルスは荷物からロープを取り出し、それを自分に結びつける。

「ウフコックはこのロープ持ってろ」

「……命令か？」

「ちげえよ。お願いだよ。旅の仲間だろ、おれら？」

「……。ああ」

ウフコックに端っこを持たせて、ボルスは川に飛び込む。

フィライトはこの激流の中を、すさまじい早さで泳ぎ切った。

腐ってもSランク冒険者、一般人よりも遥《はる》かにタフな体をしている。

彼女は岩に上がって、泣いてる子供に微笑《ほほえ》みかける。

「もう大丈夫ですわ♡　さ、帰りましょう」

「うん！　ありがとうおねえちゃん！」

そんなふうに子供を助ける姿を、遠くからウフコックは眺めていた。

ボルスも遅れて彼女たちのもとへ到着。

ロープを子供に結びつける。

「川がこれ以上増水しないうちに、ずらかるぞ！」

「ボルス！　あれを！」

「いったいなにを……って、くそ！　もう来やがった！」

雨脚が激しくなり、川の水がさらに増水。

どどど……と津波のごとく押し寄せてくる。

「くそっ！　万事休すか……！」

と、そのときだった。

どがががぁあああああああああああああああああん！

どこからか爆発音がした。

今度は何だと困惑していると……。

「！　見てくださいまし、川の水が減ってますわ！！」

「ほんとだ！　助かった……！」

さっきまでの激流が、嘘《うそ》のように穏やかになった。

ボルスたちはそのすきに川から脱出。

「おかーさーん！」「よかった！　助かって、ありがとうございます！」

母親から何度も頭を下げられる。

フィライトは微笑んで「助かってよかったですわね」と言う。

一方、ウフコックはその様子をじっと見つめている。

そしてボルスに近づいて尋ねる。

「……なぜきさまらは、あの子供を助けた？　自分の仕事でもないだろうに」

「あ？　人助けに、仕事もなにもかんけーねえーだろ」

「…………」

　そうか、とウフコックは思う。

「……そういうものか。そう、だよな」

　彼女は先日の出来事を思い出していた。

　ウフコックは森の中で、モンスターに襲われている女の子を見かけた。

　最初は、天導に所属しない子供だからと、見殺しにしようとした。

　だがモンスターに怪我を負わされ、泣き叫ぶ子供を見て……知らず体が動いていたのだ。

　あのときの自分は、おかしくなったのだと思ってしまった。

　でも……そうじゃなかったのだ。

　人助けに理由なんていらないで、よかったのだ。

「……すまない、ボルス。次からは、ぼくも手伝う」

「？　おう、頼むわ」

　そうやって話していると、フィライトが笑顔で近づいてきた。

「聞いてくださいまし！　旅人の一人が、川の上流で、聖女さまを見かけたそうですわ！」

「銀髪の聖女か？」

「ええ！　どうやらこの川の問題を解決したのも、聖女さまのおかげらしいですわ！」

方法はわからないが、困っている人たちのために、川の水を減らしてくれたそうだ。

「ああやはり！　聖女さまは素晴らしいですわ！　息をするかのごとく人助けをする、素晴らしいお人……！」

……もっとも、当の本人は別に人助けをしたつもりはないのだが。

こうして勝手に、銀髪の聖女への好感度はガンガンと上がっていくのである。

「聖女さまは近くにおりますわ！　急ぎますわよ！」

☆

うざい聖騎士たちのもとを離れるため、海を渡ろうとした私だったが、大雨のせいで船が出ない状況。

この雨を降らせているのは水の大精霊ウンディーネらしい。

私は雨を止めてくれと説得（物理）するため、精霊の住まうリィクラ岳へと向かった。

「……セイさま。お気をつけください。リィクラ岳は盗賊の住み処《すみか》とされておりますので」

「忠告ありがとーゼニスちゃん。お礼に頭をよしよししてあげましょう、なーんて子供っぽい……」

すっ、とゼニスちゃんが素直に頭を差し出してきた。

あれこの子結構クールで大人っぽかったような。ま、いいけどさ。

「むむ！　だふねも頭なでなでがほしーのです！」

「お、そうかい。おいでおいで」

「でもでも、何もしてないのになでなではよーきゅーできないのです！　むむむー！　はっ！　人が近くにいるのです！　武器持ってるです！」

「おおう、ダフネちゃんなーいす。ご褒美なでなでしましょう」

「わーい！」

私はシスターズの頭をよしよしなでなでしながら、御者をやってくれてるトーカちゃんとロボメイドのシェルジュに言う。

「この先にたぶん盗賊いるわ。トーカちゃんは敵を無力化して。シェルジュはここに残って遠距離からのサポート兼、護衛。ま、念のためね」

「了解でござる！」「了解。以上」

ラビ族ダフネちゃんのスーパーイヤーは地獄耳、じゃなくて高感度レーダーのようなものだ。なにせレーダー持ちのロボメイド以上に広範囲で、敵の音を拾えるんだから。

「うちの子はすごい子だ。おーよしよし」

「えへー♡」

「……外は大丈夫でしょうか。トーカ一人で」

「だいじょーぶっしょ。銃声しないから、たぶんトーカちゃん一人でなんとかなってるのね」

竜車を停めてからしばらくして、トーカちゃんが戻ってきた。

「ボコってきたでござる！」

「おーけーおーけー。ご苦労さま。幌の中で休んでちょうだい。シェルジュ、行くわよついてきて」

雨外套を身につけ私は外に出る。

うひー、すごい雨……。

「ん？」

「わくわくでござる」

トーカちゃんがキラキラした目で私を見てきた。

びったんびったん、とお尻から伸びてる尻尾が揺れている。

ああ……褒めてほしいのね。

なでなで。

「がんばったがんばった」

「えへへ♡　わーい！　ダフネー！　拙者も褒めてもらったでござるー！」

「わー！　ほめほめ仲間だね！」

うちの妹ちゃんたちは仲がいいですなぁ。

私はシェルジュを連れて、トーカちゃんが無力化した盗賊たちのもとへ行く。

少し離れたところに、ロープで捕縛された盗賊たちがいた。

結構数はいる、一五人くらいかしら？

「こんにちは。私はさっきのきゃわいい奴隷ちゃんの主よ」

「ちっ。くそ……あんな強い奴隷連れやがって！」

一人だけ私に向かってきた盗賊が言う。

ほかの連中が黙ってるから、こいつが現場指揮官かしらね？

「戦力を見誤ったわね。さて……と。私はこれから安全にリィクラ岳を通り抜けたいの。私たちを狙わないって約束してくれる？　できればアジトに戻ってそれを周知徹底してもらいたいのよね」

ゼニスちゃん情報だとこの辺の山岳地帯には、盗賊たちがうようよいるらしい。

その都度邪魔されたんじゃ面倒この上ない。

そこでいったんこいつらを捕まえておど……説得し、私たちを襲わせないよう約束させる。

って作戦。

別に盗賊全員をとっちめてやんよ！　みたいな気概はないわ。

私は正義の味方じゃあないし、仲間が安全に旅できればノー問題なわけよ。

「女のくせに偉そうに……」

ちゃき、とシェルジュが銃口を現場指揮官に向ける。

ちょいちょい、このロボメイド沸点低すぎでしょ。

「マスター。発砲許可を」

「せんわ……。ったく、なに撃ち殺そうとしてるのよ」

「マスターをなじっていいのはメイドであるワタシだけです、以上」

「んなこと許したことないってーの。まったく」

私はしゃがみ込んで、現場指揮官に顔を合わせて言う。

「あんたたちをぶっ殺そうと思えばいつでもできたの。それでも生きてる意味をよーく噛みしめましょうね」

「ぐ、く、くくく……ば、ばか女が。おれは単なる現場の指揮官にすぎねえ。お頭が来たらてめえらなんて皆殺しだ！」

あら、強がってまあ……。

お頭ねえ。やっぱりボスは別にいたのか。面倒だなー。

「マスター、これからどうしますか？　以上」

「ちょい待つ。もう少しすれば、仲間が帰ってこないからって、向こうから顔出すでしょ」

と、そのときだ。

どんっ、とシェルジュが私を突き飛ばす。

さっきまで私がいた場所に、大量の水が降り注ぐ。

水圧に押されてシェルジュが地面に押しつけられる。

「ちぃ、勘のいい雌がいるじゃあねえか」

「お頭ぁ……！」

いかにも悪そうな男が私に近づいてくる。

シェルジュは今なお、謎の水によって頭から押さえ込まれている。

……まったく、あのロボめ。

最近割と反抗するようになってきたと思ったら、急に従者らしいことしてくるんだから。

「この水、あんたがやったの？　魔法を使えるほど、頭よさそうに見えないんだけど？」

「言ってくれるじゃねえか嬢ちゃん。ご名答、おれさまの力じゃあねえ。こいつの仕業よ」

じゃら、と盗賊のお頭が右手に持っていたものを持ち上げる。

それは鎖であった。その先には……。

「精霊……奴隷の首輪？」

「ご名答。この水の精霊を捕まえて、おれさまの奴隷にしてるのさ！」

お頭の隣にはふよふよと浮いてる、水の体を持つ女の子がいた。

水の精霊は魔道具、奴隷の首輪によって捕まり、無理矢理言うことを聞かされてるのね。

……悪趣味なやつら。

「おら、あのメイド女を窒息させろ。できんだろ？　あ？」

水の精霊ちゃんは嫌そうに首を振る。

人を傷つけたくないのね。優しい子だわ。

「命令を聞きやがれ！」

びくん！　と精霊ちゃんが体をこわばらせる。

奴隷の首輪は主人に反抗すると、高圧の電流が流れる仕組みになっているのだ。

私は魔道具にも精通してるので、あれのことはよーく知ってる。

ええ、よーくね……。

あー……なんだろ、ちょーむかつくわ。

人を無理矢理従わせて、働かせるってのが、昔の私が置かれていた状況を思い出させてぶち切れそう。

「うん、許せないわね」

私は懐に手を入れて、目当てのものを手に取る。

「おっと嬢ちゃん動くんじゃあねえぞ。そこから一歩でも動けばメイドさんは窒息し……おいおいおい！」

私はスタスタとお頭に近づいていく。

お頭は精霊ちゃんに命令して、ロボメイドの顔の周りに水を集める。

「おい近づくんじゃねえ！　死ぬぞこいつが！」

「死なないわよ。その子。息しなくても生きてけるから」

「ぼぼぼぼーびべぶ、びびょぶ」

ロボだからね。呼吸しなくてもいいの。

私はお頭に固定《グルー》ポーションを投げつける。

瓶がぶつかると中から固定化の液体がビシャッと出る。

「んだこりゃ！　う、動けねえ！」

「そこでおとなしくしてなさい。さて……精霊ちゃん。もう大丈夫よ」

私は精霊ちゃんの首輪に、また別の液体をかける。

「は！　何しようとしてるのか知らねえけどよ、奴隷の首輪は無理矢理はずそうとすれば……」

「首がぼーんって吹っ飛ぶんでしょ」

「な、なんでてめえ知ってるんだ……？」

「そんなの、錬金術師だからに決まってるでしょ」

ポーション作成だけでなく、魔道具の作成も私たちの仕事だからね。

よーく知ってるわ、この首輪の仕組みも。

解除の仕組みも、ね。

私はポーションを作るときの溶媒液を取り出して、ちょろちょろと首輪にかける。

すると首輪はあっさり溶けて落ち、精霊ちゃんが自由になる。

「これでもう自由よ。どこにでも行きなさい」

精霊ちゃんは何度も何度も私に頭を下げたあと、どこかへと消えていく。

「し、信じられねえ……奴隷の首輪を解除だと？　そんな不可能やってのけるなんて……」

「あら、不可能でもないわよ。構造を知ってりゃ割と簡単にね……。さて……」

私はにっこりと笑う。

「抵抗の意思あり、と見なしていいわね？　シェルジュ？」

「マスターに同意いたします。以上」

私はポーション瓶を持ってにやりと笑い、シェルジュは銃を両手に持って構える。

「お、お、お助けええ……！」

「「許すか、馬鹿」」

☆

リイクラ岳で盗賊に襲われたあと。

「ただいまー」

「「「おかえりなさーい！」」」

奴隷ちゃんズの待つ竜車へと戻ってきた私とロボメイドのシェルジュ。

真っ先に飛びついてきたのは、ラビ族のダフネちゃんだ。

「おっとっと」

「だいじょうぶなのです？　怪我してないのです？」

ぺちょんと耳を伏せて、不安げな表情でダフネちゃんが尋ねてくる。

なんとまあけなげじゃのぉ。

「問題なっしんぐ。盗賊どもは全員ボコってやったわ」

「わー！　わー！　すごいのですー！」

お頭をボコったあと、残りの盗賊たちも面倒だからやっといた。

まあ小出しで襲われるよりは、一気にまとめて掃除しておいた方がいいかなってね。

「なー、ダフネ。拙者言ったであろう？　主殿は強いから怪我などしないって」

「でもでもっ。おねえちゃんは優しくてか弱い女の子なのです。やられちゃうかもって……」

まあまあなんと優しい子でしょうか。

ダフネちゃんのふわふわの髪の毛をわしゃわしゃする私。

「マスターは嬉々《きき》として盗賊たちをボコボコにしておりました。以上」

「しゃーらっぷロボット。ま、何はともあれなんともなかったから。これで先へ進めるわね」

と、そのときだった。

「ぐわぐわっ、がーがー！」

この荷車を引いてる地竜のちーちゃんが、何か騒がしくしてる。

ぴくんっ、とダフネちゃんのうさ耳が揺れる。

「ダフネちゃん、ちーちゃんはなんて？」

「えと……【せーれーに囲まれてるわ!!】なのです」

ダフネちゃんは動物やモンスターの言葉がわかるのだ。

しかしふむ……精霊に囲まれてるか。

「私が行ってくるから、みんなは待機で」

「……セイさま。危険ではありませんか？」

「ま、問題ないでしょ。あちらさんがやる気なら、もうとっくに攻撃されてるでしょうし」

私が荷車から降りると、ぞろぞろと奴隷ちゃんズもまた降りてきた。

「おいおいどうしたのあなたたち？」

「主殿の身を守るのが奴隷の役目！」

「……セイさまに何かあったら困ります」

「だふねも、まもるのですー！」

みんな私のこと心配してくれてるみたいだわ。

なんて優しい子たちなのかしら。

「マスター、ワタシは中で休んでていいですね？　以上」

「あんたは少しは私の身を案じなさいよ……」

「盗賊団を壊滅させておいて、今更。以上」

ま、いいけどね……。

私は奴隷ちゃんズとともに、ちーちゃんのそばに行く。

そこには何人もの水の精霊たちがいた。透明なボディの、裸の女の子って感じ。

「こんにちは。どうしたの？」

すぅ……と水の精霊が一人、こちらに近づいてくる。

「ぐわぐわ、がー！」

「えとえと、【さっきはありがとう】って言ってるのです」

なるほど……ちーちゃんは精霊の言葉がわかるのね。

で、ちーちゃんの言葉をダフネちゃんが翻訳してると。

「ナイスちーちゃんダフネちゃん。そのまま続けて」

水の精霊たちの話をまとめると、こういうことらしい。

【現在、水の精霊たちの間で伝染病が流行《はや》っていて困ってるんです。あなたは不思議な薬を使うと聞きました。どうか、我らをお救いくださいませ】（ちーちゃん経由だけど以下省略）

だってさ。

「伝染病ねえ」

まあ治す義理があるかって言われると、ない。

私はいつも言ってるけど聖女ではなく錬金術師だから。

「治してもいいけど、その代わりこの雨止めてくれる？」

「えとえと、【わかった。雨を降らせている女王ウンディーネに掛け合ってみる】です」

ま、それなら私たちに利があるしね。

しゃーない、助けてやりますか。

「じゃ連れてって……っと、その前にあんたたちの体調べさせてくれない？」

「【どうして？】なのです」

「伝染病にあんたらもかかってるんでしょ？　なら先に特効薬を作っときたいわ」

のこのこ病気の人たちのとこへ行って、自分たちも感染しましたーとかしゃれにならん。

私はともかく愛《いと》しい奴隷ちゃんズを苦しませるなんて論外よ。

だから事前に病気の原因を調べておいて、感染のリスクを下げておきたいって狙いもあるのよね。

「【承知した】なのです！　……しょーちってなぁに？」

「OKってことよ。じゃ、誰でもいいから一人、私についてきて」

名乗りを上げたのは、私がさっき盗賊のお頭から助けた、精霊の女の子だった。

私たちは荷車へと戻る。

「もう終わったのですか？」

シェルジュのやつが肘枕で横になっていた。

いい性格してるわねこのロボメイド。

「これからよ。シェルジュ、今からこの精霊の血液を採取して病原を調べるから、簡易検査キット出して」

「かしこまりました。ですが、マスターなら回復ポーションで一発治癒可能では？」

「かもだけど、精霊しかかからない病気とかだったら、人間用のポーションじゃ治せないでしょ」

シェルジュがうなずいて、ストレージから注射器を取り出す。

「あぅうう……」

「あらなに、ダフネちゃん？」

「針が……怖いのですぅ……」

「大丈夫大丈夫。痛くないから」

うーん、こりゃもしかしたらあとで泣きを見るかも……。

「採血するわね。腕を出して」

こくん、と精霊が右腕を出してくる。

「……てか、精霊に実体ってあるのかしら。血管の位置も……ロボメイド、出番だぞ」

「はいはい。ロボ使いの荒い主人で困ります」

こいつあとで自分の出番が結構あるだろうと、中でエネルギーを温存してたな。

ロボの動力源は私の魔力。

動いたり機能を使ったりすると魔力が減る。

だからこのときのために、余計なエネルギーを使わなかったと。

ったく、素直じゃないロボだ。誰に似たんだか。

ロボに精霊ちゃんの体の構造を調べさせる。

血管の位置を特定させ、私は採血。

その後、スライドガラスに、一滴血液を垂らして、血液塗抹標本を作った。

「シエルジュ、はいこれ。拡大表示よろしく」

「……セイさま。何をしてるのですか？」

「精霊ちゃんの体から取った血液を塗抹……ええと、拡大して中に病気の原因がいないかを調べるの。このロボには顕微鏡機能がついてるんだ」

腕にスリットが現れ、ロボはそこにスライドガラスを突っ込む。

光魔法を使って、拡大図を壁に表示させた。

「主殿、この赤いつぶつぶはなんでござるか？」

「赤血球よ」

「せっけっきゅー……？」

「体に酸素を……あー……あんま気にしないで」

説明するのって作業しながらだとダルいわね。

「うむ！　気にしないでおくのでござる！」

「ダフネも黙って待ってるのです！」

二人が口を手で押さえる。あら物わかりのいい子たち。

血中成分を調べていくと、やがて原因らしき微生物を発見。

「見たことない細菌ね……。精霊に特有の種なのは確定か。人間用の抗生剤が効くかしら？

いや少し手を加えれば……」

私は採取した血液サンプルを、ポーション瓶の中に入れる。

シェルジュに薬草を出させて、それらを複数合わせて調剤。

「完成。精霊の抗生剤……ええと、【精霊剤】」

「……もうできたのですか？」

「うん、精霊のお薬よ。あとはこれを体内に投与するだけ」

「「おおー！　すっごーい！」」

精霊ちゃんに私が近づく。

びくびく、と怯《おび》えていた。

「大丈夫よ。ちょっとチクッてするけど、すぐに楽になるわ」

精霊ちゃんは私の目を見て、こくんとうなずいてくれた。

信じてくれたのね。ありがたい。

私は血管に薬を投与して、しばらく待つ。

すると……。

「えとえと、【すごい、体のだるさが取れました！　とても元気になりました！】なのです！」

精霊ちゃんがぴょんぴょんと飛び跳ねる。

ダフネちゃんもまたぴょんぴょん飛び跳ねていた。

「わーーい！　すごいすごい！　おねえちゃんが病気を治しちゃったのですー！　よかったねー！」

精霊ちゃんの手を取って、二人でぴょんぴょんするダフネちゃん。

あ〜心がぴょんぴょんするんじゃ〜。

「……すごいです。セイさま。精霊の病気を治すなんて、前代未聞です」

「あらそう？」

「……ええっ。やはりすごいです！」

さてさて。

これでお薬は完成した。

「じゃみんなにお注射しますね」

「「「え……？」」」

「あらなに？」

「「「お注射……」」」

ぶるぶる……とシスターズが怯えている。

ははん、もしかしてみんな注射が苦手なのかしら。

「そ、その針を……さっきの精霊の子にしたように、ぶすっと突き刺すのでござるか？」

「ししし、死んじゃうのですぅ～」

「……お、落ち着いて二人とも。だ、大丈夫。医療行為だから、死にはしないから、たぶん……ええ……」

三人が抱き合って震えていた。

冷静なゼニスちゃんも怯えてるのがなんか笑える。

「はいはい、大丈夫だから。並んで並んで」

ぶすっ、と三人にお注射完了。

まったく、注射が嫌いなんて子供ね～。

「さ出発よー」

「お待ちくださいマスター」

がしっ、とロボが私の腕を掴《つか》む。

……ちっ！

「あ、あらなにかしら〜？」

「まだマスターのお注射が済んでおりません」

「わ、私は……いいんじゃないかなぁ？　ほら！　私強いしぃ〜？」

あれ？　と奴隷ちゃんズが首をかしげる。

「おねえちゃん……」「主殿もまさか……」「……お注射、苦手なんですか？」

うう、バレてもうた！

ちくしょう！　そうだよ、注射苦手だよ！

「聖なるパワーがあるから私大丈夫だから……！　え、なに奴隷ちゃんたち、みんなして私を取り押さえて……うわ！　や、やめろー！　私はお注射がだいっきらいぎゃーーーーーーーーー！」

シェルジュにぶすっとやられました……。

☆

その後、竜車に乗って水の精霊ちゃんの後ろについて、彼女たちの里へと向かう。

「ぐわぐわ、がー！」

荷車を引いてる地竜のちーちゃんが、水精霊ちゃんの言葉を代弁。

それをダフネちゃんが翻訳。

「【精霊の里の入り口は、特別なまじないによって隠されているのです。こちらがその入り口です】なのです！」

やってきたのは大樹の根元。

どう見てもただの樹《き》にしか見えない。

「拙者が先に行って様子を見てくるでござる！」

「いや、大事なトーカちゃんをそんな危ないところへ行かせられないわ」

「主殿……！」

「ということで、行け、ロボメイド」

シェルジュがハア……とため息をつく。

「ワタシは死んでもいいと？」

「あんた魔導人形《ゴーレム》だし死なないでしょ。大丈夫、壊れたらまた直してやるから」

「仕方ありませんね」

シェルジュが樹の根元に手を置くと、ずぶ……とそのまま中に入っていく。

ひょこっと顔を出してくる。

「精霊でなくとも問題なく通れるみたいね。よっしゃ、行くわよ！」

「「「おー！」」」

ちーちゃんごと、竜車が根元のゲートをくぐり抜ける。

一瞬のめまいがしたあと、そこには別空間が広がっていた。

森の中のようだが、あちこちに湖があった。

だが水は濁っており、どう見ても不衛生な水だ。

水の精霊ってこんな汚い場所に住んでるの……？

「くさいのですぅ〜……」

「……耐えがたい悪臭ですね」

私も思わず顔をしかめたくなるようなにおいだ。

目が痛くなるレベルって言えばいいんだろうか。

「瘴気《しょうき》による水質汚染とは、また別ね、これは」

「えとえと……【屍竜《ドラゴンゾンビ》のせい】だそうなのです」

「ふむ……屍竜……？」

なんだそれは？

博識なエルフのゼニスちゃんが言う。

「……モンスターの一種です。ドラゴンを討伐し、その死体を放置すると、ごくまれに死体が動き出して徘徊し始める。それが屍竜」

「ドラゴンなんて素材の宝庫じゃない。死体を放置するなんて、なんてもったいないことするの？」

うろこは防具に、爪や骨は武器になる。

さらに牙は錬金術の道具にもなる。

余すところなく使えるやつじゃないの。

「えとえと、【最近、金剛竜ってドラゴンが人間の手によって乱獲されたらしいのです】」

「……金剛竜とは外皮が金剛石でできた珍しいドラゴンです」

「あ、なるほどねえ。外皮だけかっぱらって、あとの死体は放置してたわけか。で、それがゾンビになったと」

だんだんと水精霊たちが怒ってる理由が見えてきたわね。

「水精霊ちゃん、怒ってるのってもしかして……人間たちがドラゴンの死体を放置したから？」

「えとえと……【その通りです。やつらの身勝手な振る舞いのせいで我らは病に苦しんでいるのです】なのです」

そら怒って当然か。

「わかった。じゃとりあえずお仲間のとこに連れてって。病気を治してから、その感染源をなんとかする感じで」

そう方針を立てたあと、私は水精霊ちゃんのお仲間さんのもとへ向かう。

湖をいくつか通り過ぎたあと、滝の前へと到着した。

水精霊ちゃんが呪文を唱えると、滝が割れて、中から洞窟の入り口が出現する。

「【この中に我らの仲間たちが眠っている】なのです」

水精霊ちゃん曰く、普段は湖が彼女たちの住み処らしい。

けれど屍竜による汚染によって住めなくなったので、この滝の中の洞窟で暮らしてるとのこと。

「おお、中はさっきよりもにおいがきつくないでござるな」

「大気中の臭気濃度分布を解析したところ、あの滝のカーテンが外の臭気をシャットアウトする役割を持ってるようです」

ロボメイドの発言がほんとなら、ここが最後の砦《とりで》ってことね。

周りを見ると、確かに具合悪そうな精霊たちがたくさんいた。

みんなぐったりしてる。

「かわいそうなのです〜……」

共感力の高いダフネちゃんは、これを見て不憫《ふびん》に思ってるようね。

私はどうだろう。あんまり関係ないっていうか、ここには雨を止めてもらうために来たってだけだからなぁ。

ほどなくトンネルの奥へと到着し、そこには服を着た精霊がいた。

【よくぞ参られました。人の子よ】

「おお、声が脳内に直接……あなたがここのボス？」

【その通りです。大精霊ウンディーネ。水の民をまとめる女王です】

長い青い髪をした、普通のお姉さんってビジュアルね。

ただ手には三つ叉《みつまた》の矛を持っていて、目を閉じている。

「私はセイ・ファート。旅の錬金術師よ。そこの水精霊ちゃんに助けを求められて、あんたらを治療しに来たわ」

【感謝いたします、人の子よ】

「そーゆーのいいんで。さっさと治したら、とっとと雨止めてね。シェルジュ」

ストレージの中から、どっさりと注射器を取り出す。

【それはなんですか？】

「私の作った特効薬。これをあんたらに注射すれば、たちまち元気になるわ。そこの水精霊ちゃんにも使ったのよ」

ここまで案内してくれた水精霊ちゃんがこくんこくんとうなずく。

【……なるほど。スィはこのものの力を信用すると】

「スィ？」

【わらわの娘です】

ってことは、水精霊ちゃんことスィちゃんは、大精霊の娘……水精霊の王女ってこと？

へー（無関心）。

「わぁ！　あなたスィちゃんっていうです？　だふねは、ダフネなのですー！」

ダフネちゃんがスィちゃんの手を握ってにぱーっと笑う。

スィちゃんもまたにぱーっと笑っていた。あら癒やされる。

そういえば竜車の中でも二人は仲良しだったわね。

気が合うのかしら。

【スィを治したというその腕を信用しましょう】

「ん。じゃ、腕出して。まずはあなたからお注射するから」

ウンディーネがうなずいて、私に腕を出してくる。

ロボメイドに血管の場所を調べさせ、そこにチクッとな。

【おお！　体に活力が……！　素晴らしい薬ですね、人の子よ】

「そりゃどうも。さ、奴隷ちゃんズ聞いてー。みんなで手分けして、お注射打ちますよー」

「「「はーい！」」」

シスターズ＋ロボメイド＋スィちゃんで手分けして、この場にいた水精霊たちに特効薬を投与する。

効果はすぐに表れて、みんな元気になった。

「スィちゃんのお友達、みんな元気になったのですー！　治してくれて、ありがとー！　おねえちゃんっ！」

ダフネちゃんとスィちゃんが私の腰にしがみついてくる。

【我ら水の民のため、力を尽くしてくれたこと、誠に感謝いたします。人の子よ】

うんうん、まあ別に精霊のためにやったんじゃないんだけどね。

「じゃ、約束通り外の雨を……」

と、そのときだった。

どがぁああん！　という破壊音が外から聞こえてきたのだ。

「え、なによ」

「マスター。敵です。レーダーがあの滝で遮断されてるみたいでした。以上」

むわ……と刺激臭が鼻をつく。

ずずぅうん……と大きな足音を立てながら、そいつが姿を現した。

「あー……こいつか。屍竜って」

やれやれ、一難去ってまた一難ね。

☆

『ウロォロロロロロロロォオオオオオオオオオ！！！！！』

屍竜が叫び声を上げる。

大きさで言えば二メートルくらいかな。

通常のドラゴンよりやや小ぶり、たぶん子供の竜なのかも。

肉体が腐り落ちていて、眼窩《がんか》には目玉が見当たらない。

体からは緑色の腐った膿《うみ》がボタボタと垂れている。

鼻を刺すような刺激臭はこれが原因だろう。

「あうぅううう！　こわいのですぅ……」

ダフネちゃんがガタガタと震える。

水精霊のスィちゃんが、ぎゅっとダフネちゃんを抱きしめていた。

トーカちゃんとゼニスちゃんは緊張の面持ち。

ちょっとこの子らに戦闘を任せるのは無理そうね。

「シェルジュ。狙撃」

ストレージから拳銃を二丁取り出して、屍竜を狙撃。

ドドゥ！　と発射された銃弾は、しかし敵に着弾する前に溶けた。

「あれま。銃弾が効いてない」

「解析完了。敵の吐き出す腐食ガスには、通常の攻撃を溶かす効果があります」

ロボメイドには解析機能がついてる。

シェルジュが言う通りなら、物理攻撃は無意味ね。

一方水の精霊たちの女王、ウンディーネが部下たちに命令する。

【魔法で迎撃するのじゃ！】

精霊たちがうなずいて、両手を突き出す。

彼女たちが手をかざすと、巨大な水球が発生。

シェルジュが私の首根っこを掴み、トーカちゃんがゼニスちゃんたちをつれて一時撤退。

【放て！】

どばっ！　とすさまじい水の流れが屍竜に向かって流れる。

「……極大魔法の【水竜大津波《タイダル・ウェーブ》】です。無詠唱で放つなんて、さすが水の精霊」

魔法に詳しいゼニスちゃんが驚いてる。

だからまあ、すごい魔法を撃ったのだろう。

水の流れはまとまって竜へと変わり、屍竜を飲み込む。

【やったのか!?】

「いーや、まだのようね」

『ウロォロロロォオオオオオオオオオオオオ！！！！！！』

屍竜のやつは魔法の直撃を受けてもなお元気そうだ。

女王が目を剝《む》いてよろける。

【極大の水流を受けて、ノーダメージじゃと……？　どんな手品を使っているのじゃ!?】

「うーん。ゼニスちゃん。炎で攻撃。あんま威力なくていいわよ」

ゼニスちゃんが困惑しつつも、こくんと素早くうなずく。

物わかりのいい子って素敵よ。

「……【火球《ファイアー・ボール》】！」

師匠の塔で私が教えた、無詠唱魔法で攻撃するゼニスちゃん。

飛んでいった炎の玉は、しかしゾンビに届く前にジュッ……と消える。

「やっぱりね。おかしいと思ったのよ。あの大量の水を受けてノーダメってのは不自然だし、何より……あの大量の水どこに行った問題がある」

その答えは単純。

「腐食には、物理だけでなく、魔法攻撃すら無効化されるということですね、以上」

「そーゆーこと」

「……そんな。こちらからの攻撃はすべて無効化。しかも近づけばドラゴンの餌食。無敵じゃないですか」

シスターズと、そして精霊たちが震えている。

ま、そりゃこんだけ攻撃しても倒れないいんじゃ、怖くなっても仕方ないっか。

「ウンディーネ。それと水の精霊たちは後ろで、水のバリアを張って待機」

「主殿はどうなさるのですか!?」

「私はあれをぶっ倒してくるわ。仕方ないから」

こんなのサラリーに入ってないけど、ま、サービスよ。

はぁ……サビ残とか懐かしいし、思い出したくもない……ほんとやだなぁ、だるいなぁ。

「…………」

スィちゃんが私のそばへと近づいて、腕を引っ張ってくる。

「あら、どうしたの？」

「えとえと、【おやめください、死んでしまいます】なのです」

ダフネちゃんが一緒についてきて、精霊の言葉を代弁する。（ちーちゃん経由だけど省略）

「ありがと、優しいのねあなた。でも私の方はいいから、ダフネちゃんを守ってあげて」

「えと……【しかし……】なのです」

「うーん……」

面倒だからさっさと片付けたいんだけどなぁ。

するとダフネちゃんがスィちゃんの手を握って言う。

「だいじょーぶなのです！　おねえちゃんは、とぉっても強いの！　おねえちゃんが、だいじょーぶって言うときは、だいじょーぶ！　だから、信じて待つのです！」

おお、ダフネちゃんナイス説得。

信頼してくれるのってうれしいわね。

スィちゃんは迷ったものの、こくんとうなずく。

よきよき。

「じゃ、ウンディーネ。バリアよろしく。特にそこのロボメイドは腐食に弱いから、厳重に守ってあげてね」

私はまっすぐに屍竜に向かって歩いていく。

怖い？　いや、別に……ね。

師匠のとこで弟子していたときは、こんな化け物と遭遇することしょっちゅうだったからね。

あんまり怖いとは思わないわ。

『ウロォロロロォオオオオオオオオオオオオオ！！！！！！』

ごぉ……！　と屍竜がブレスを放つ。

「警戒。圧縮した腐食ブレスです」

物理、魔法を溶かすほどの腐食ガスを、ドラゴンお得意のブレスにして放つのね。

けど私は避けない。いいえ、避ける必要がないって言った方がいいかしら。

どがぁああんん！

【人の子よ！　ああ……終わりだ……脆弱《ぜいじゃく》な体では竜の息吹には保つまい】

「いや、生きてますけどね」

【なんじゃとぉおおおおおおおおおおお!?】

女王様はしたないですわよっと。

『う、うぉ……うろぉお……』

「あら、どうしたの？　必殺技が通じなくって予想外？　残念ね、あなたの腐食は、私には効かないわ」

精霊たちの病気の原因は、この屍竜によるブレスの影響。

その特効薬を私を含め、全員が体内に投与済み。

「腐食攻撃は特効薬を受けた人間には無効よ。腐食のないガスなんて、ただの風にすぎないわ」

まあ風圧で吹っ飛びそうになったけど、足下に固定ポーションをまいといた。

足を地面とくっつけておいたので飛ばなかったってわけ。

溶媒液でそれを溶いて、私は屍竜に近づく。

「じゃ、今度は私の番ね」

私はシェルジュに持たせておいたポーション瓶を二本取り出す。

魔法で宙に浮かせて、三本目の瓶を取り出す。

液体を空中で混ぜ混ぜして、三本目の瓶の中に入れる。

「そーら、食らいなさい！」

私は瓶をゾンビに向かって投擲《とうてき》。

瓶は腐食攻撃を受けて中身が飛び散る。

バシャッ……！

『う、ぐ、あああああああああああああああああああああ！』

じゅううう……とゾンビの体から湯気が立ち上る。

音を立ててゾンビは倒れ込んだ。

【た、倒して……しまった……すごい……】

「いや、生きてるわよ」

【なんじゃと⁉】

どろどろだった屍竜の体がみるみるうちに元に戻っていく。

腐った肉体が復元し、元の美しい金剛石のボディを持った竜へと変貌をとげた。

「……い、今なにをなさったのですか？」

お、ゼニスちゃんたち無事ね。

精霊たちの水のバリアのおかげで問題なかったみたい。ま、特効薬受けたからこの子たちも無事なのは確定してるけど。

「浄化ポーションを使ったのよ」

「……腐食ガスを浄化しても、あのように屍竜が復活するとは考えにくいのですが」

「そうね。だから病気の特効薬である、精霊薬を混ぜて、浄化ポーションの効果をそこあげしたの」

あのゾンビにも病原菌の感染が見られた。

となれば、精霊薬で病原菌を取り除けば、浄化が効くって思ったのよね。

「わぁ！　わぁ！　すごいすごい！　おねえちゃん、すごーい！」

ダフネちゃんとスィちゃんが近づいてきて、抱きついてきた。

おお、冷たくて気持ちが良《い》いのぉう。

【信じられぬ……まさか竜を討伐するのではなく、治してみせるとは】

「オーダーはあんたらの病気を治すだけだったからね。このドラゴンを殺す必要まではないでしょ？」

金剛竜が立ち上がって、深々と頭を下げる。

「おねえちゃん！　ドラゴンさん、【ありがとうございます、聖女さま】だって！」

動物の言葉のわかるダフネちゃんが代弁する……。

いやいや、違うから。

「私聖女じゃなくて、錬金術師だから」

精霊たちも、そしてドラゴンさえも、ぽかーんとした顔になった。

なんだその顔。

ま、なにはともあれこれで問題解決ね。

☆

屍竜を元に戻したあと、水精霊の里を慈雨のポーションを使って範囲浄化した。

その結果、元の美しい水精霊の里に戻った次第。

話は浄化が終わったあと。

【誠に感謝いたします、人の子よ】

私の前には水精霊たちの主、大精霊ウンディーネがたたずんでいる。

私、奴隷ちゃんズ、ロボメイド、そして水精霊のスィちゃんがその前に立っている感じ。

「別にいいわ。雨止めてもらったし。それに金剛竜からはたくさんお礼の品をもらったからね」

金剛石でできた竜鱗《りゅうりん》をいくつかもらった。

これも魔法ポーションの素材になるので助かるぅ。

【未曾有の危機を救っていただいた、貴女《あなた》さまにお礼の品をご用意しております】

「お礼？　別にいいのに」

【なんと謙虚なお方でしょうか。やはり聖女さまというのは、清らかな心の持ち主なのですね】

あー……ここでも完全に聖女扱いされてるわー。

私は錬金術師だっていっても、だーれも信じてくれないのよね。

なんでかしら？

「マスターの起こす奇跡がどう見ても神の御業《みわざ》だからと推察します。以上」

そんなもんかね……。

ウンディーネはうなずくと、まず私に自分のつけてるネックレスを渡してくる。

銀の液体の入ったペンダントに、チェーンがついてる感じのデザイン。

【これには《流体水晶》と呼ばれる特別な水晶が入っております。頭の中でイメージした形に水晶を変形できます】

「ほーん……ん？　あれ、ってことはまさか……」

私はペンダントをつけて念じる。

するとペンダントからぷくぅ……と液体が風船のように膨らんで出てくる。

それが私の手の中で、ポーション瓶に変わった。

【ペンダントをなくさぬ限り、無限に流体水晶を生み出せます】

「わぁお。これがあればポーション瓶作り放題じゃん。助かるぅ」

瓶ってすぐなくなるのよね。

よくぶん投げるし。

その都度道具屋で補充するの面倒だったから、とっても助かるわ。

「せんきゅー」

【それとお供の皆さまにも】

「え、奴隷ちゃんズにも？　いいの？」

【ええ。とてもお世話になりましたので】

そういや特効薬を精霊ちゃんたちに打つときに、奴隷ちゃんズの力も借りたっけ。

律儀な精霊だな。

【火竜人さんには、わらわのこの三つ叉の矛を差し上げます】

ウンディーネの持っていた矛を、トーカちゃんが受け取る。

「おお！　軽いのでござるー！」

【それも流体水晶を用いて作られております。念じれば自在に武器の長さや形が変わります】

「おー！　槍にも剣にもなるってことでござるなー！　すごいのでござるー！」

トーカちゃんって多芸で、いろんな武器を扱えるから、これは助かるわね。

【エルフさんにはこの《賢者の図書館》を】

「……けんじゃのとしょかん？」

ウンディーネが魔法で召喚したのは、片眼鏡だ。

ゼニスちゃんが右目につけると、片眼鏡は一瞬で消える。

【念じればすぐに片眼鏡が出現します。その中にはいにしえの賢者が所有していた書物が入っており、いつでもどこでも閲覧が可能となります】

「え？　師匠の書物が？　なんでそんな魔道具があるの？」

【ししょう……もしかしてフラメルさまのお弟子さまでしょうか？】

「うん。そうよ。ニコラス・フラメルは私のお師匠」

【なるほど、道理で……】

道理でってなによ？

失礼しちゃうわね。

【フラメルさまはこの里の入り口にあった、まじないを作ってくださったお方です】

この里は外界から容易には入ってこれないようになっている。

なるほど。誰がこんな高度な魔法使ったのか気になってたのだけど、師匠の仕業ならうなずける。

「……ありがとうございます。これでより、セイさまのお役に立てます」

次にラビ族のダフネちゃんを見やる。

【あなたにはこのイヤリングを】

「わっ！　ありがとなのです……なんなのです？」

【水精の耳飾り。水の精霊と会話が可能となる代物です】

あらま、結構なお宝じゃないの。

今、精霊の言葉がわかるのちーちゃんだけで、スィちゃんと会話するときは、ちーちゃん経由じゃないとだめだった。

けどこれがあれば、ダフネちゃんは直接スィちゃんと会話できるじゃん。

「私らにはないわけ？」

【残念ながら水精の耳飾りは、獣人しかつけられないのです】

「あらあら残念」

ダフネちゃんが耳飾りをつける。

元々ダフネちゃん緑色の髪の毛してるから、青い耳飾りがとてもよく似合う。

ダフネちゃんがスィちゃんに話しかける。

「聞こえるのです？」

「…………」こくん。

「わっ……！　すごいすごい！　すぃちゃんとおしゃべりできるのです！」

「…………」にっこり。

二人仲良さそうねえ……。

まぁ、でもここでお別れなのよね。悲しいことに。

「スィちゃん何歳なのです？」

「…………」

「生まれたばかり！　じゃー、だふねがお姉ちゃんなのです！」

「…………」だきぃ！

こうして仲いいとこ見ると、別れが余計につらくなるわよねえ。

かといって、あんま仲良くするなとも言えないし……。

【メイドさんには《氷水の腕輪》を。これは大気中の水分温度を自在に操れる腕輪になります】

「ふむ。これを使って銃弾を作れそうです。移動阻害用の」

当てると凍る弾丸って感じかしら。

確かにそれがあれば、殺さず敵を無力化できそうね。

「だいぶいろいろもらっちゃったわね。ありがと」

【いえ、これくらいでもまだまだ、我らの受けた恩には足りないくらいです】

「もーじゅーぶん。さ、みんな、そろそろおいとまするわよ」

こくんとうなずく奴隷ちゃんズ。

ダフネちゃんがきょとんとした顔をしていた。

「おいとまって？」

「精霊たちにさよならバイバイってこと」

「そんな……」

ダフネちゃんがスィちゃんを見て、悲しそうに耳をぺちょんと垂らす。

スィちゃんは事情がよくわかってないのか、きょとんとしていた。

「スィちゃんとせっかく仲良くなったのに……お別れは、いやなのですぅ～……」

「…………」しゅん。

スィちゃんも状況を察したのか、沈んだ表情になる。

うーん……。

「…………」くいくい。

「え、なに？」

「…………」じっ。

スィちゃんが私をじっと見つめてくる。

「えと、【わたくしも連れてってほしく存じます】なのです！！」

あらら、ついてきたいとな。

「おねえちゃんっ！　だふねも、スィちゃんと旅したいのですっ！」

「え？　うーん……ウンディーネの意見は？」

【わらわは賛成です。この子にはいずれ王位を継いでもらう身として、見識を広めてほしいと

思っておりましたので】

「うーん……じゃあ、ついてくる？」

スィちゃんがうんうん！　と強くうなずく。

「やったー！　スィちゃんと一緒なのですー！」

「…………」ぴょんぴょん！

二人がぴょんぴょんと飛び跳ねる。

人数が多くなると旅が大変そうかなって思ったけど、これを見ちゃうとね。

【我が子が聖女さまにどれだけお役に立てるかはわかりませぬが、この子は《魔力水》を作り出せます】

「ふぁ……!?　ま、魔力水!?　作れるって……マジ!?」

こくこく、とスィちゃんがうなずく。

まじか！

「……セイさま。魔力水とは？」

「魔法ポーションを作るときに絶対必要になる、魔力と水が完全に溶け合った水のこと！」

魔法ポーションを作るうえで、何が一番めんどいかって、この魔力水を作ることだ。

てゆーか、師匠の工房に立ち寄った理由の八割は、この魔力水を作るためだ。

これを作るには大規模な実験施設と、長い時間が必要になる。

……え、嘘。じゃあ、魔力水を作る手間がカットできるってことー！

「スィちゃん、ウェルカム我がパーティへ！　私は歓迎するぜ！」

「手間がカットできると知ったとたん、この手のひら返しである。以上」

うっさいロボメイドは無視無視。

「じゃ、お宅のお嬢さん大切に預からせてもらうわね」

【よろしくお願いします】

ちーちゃんの荷車に乗る、私、シスターズ、ロボメイド、そして……スィちゃん。

「よっし、じゃあ出発よ！」

こうして新しい旅の仲間が増えて、私たちは里をあとにしたのだった。

☆

セイのあとを追うSランク冒険者、フィライト一行は、リィクラ岳へとやってきていた。

「おかしいですわね……聖女さまがまったく見当たりませんわ」

川を渡るあたりまでは聖女を見かけた話を聞いた。

しかしリィクラの山岳地帯に入ってから、彼女の足跡が途絶えたのである。

まるで、どこぞへ消えてしまったかのようだ。

「聖女さまのあとを追うのも重要だがよぉ、ちゃんと仕事もしねえとな」

「わかってますわよ。リィクラ岳を根城にしてる、盗賊団の壊滅ですわよね」

隣町の冒険者ギルドから直々に、Sランク冒険者パーティである彼らに依頼があったのだ。

セイを探してリィクラ岳へ行くついでに、路銀を稼ぐための仕事をこなそうという魂胆である。

「……妙だな。盗賊の根城だというのに、敵意を感じぬぞ」

「あ？　ウフコック、どういうことだ？」

「……ぼくは人の視線を肌で感じることができるんだ」

「スキルってやつか？」

「……いや、生まれ持っての恩恵《ギフト》というやつだ」

ボルスたちは山岳地帯へと到着している。

だが確かに、盗賊たちが襲ってくる気配がない。

聖騎士ウフコックの敵意を感じないという発言も気になる。

しばらく探索していたそのときだ。

「うう……誰かぁ……助けてくれぇ……」

「……今、人の声がしたな」

「助けに行きますわ！」

誰よりも早くフィライトは、声のした方へとかけていった。

その様を見て、ウフコックは目を細める。

「あ？　どうした？」

「……いや。彼女はいつもああなのか？」

「そーだな。思い込んだら一直線っつーか、直情径行なんだよ」

「……そうか。わかった。ありがとう」

ウフコックとボルスもあとを追う。

そこは山岳地帯にある、洞窟の一つだ。

そこには縄で縛り上げられた盗賊たちがいた、のだが……。

「これは、どういうことですの……？　なぜみな、顔から血を……？」

そこにいた盗賊たちは一様に捕縛されたうえ、目を潰されていたのだ。

フィライトがお頭らしき人物に尋問する。

「これは誰がやったのですの？」

「白銀の髪の女だった。やつはおれら盗賊をとっつかまえて、縛り上げた」

「まあ！　聖女さまが！　しかし、その目も……？」

「……いや、これはあの女じゃねえ」

よかった、とフィライトは安心する。

自分が尊敬している聖女が人を傷つけるわけがない。

「では誰が？」

「金剛竜だ……前に罠《わな》を張って捕まえ、外皮を全部はいで捨てたはずだった。だのに、生き返りやがった……そんで、おれらに報復に来たんだ！」

セイが盗賊たちを捕縛したのち、ここに金剛竜が意趣返しに来たのである。

竜の放ったブレスは、盗賊たちの視界だけを奪ったという。

「仲間の一人に魔獣の言葉がわかるやつがいるんだが、そいつが言うには【命はとらん。我を助けたのは銀髪の人間だった。彼女に感謝するのだな】ってよ」

「きっと、銀髪の聖女さまに、違いありませんわーーーーーーーーーーーーー！」

フィライトはキラキラした目で宙を見やる。

彼女の脳裏には、まだ見ぬ銀髪の聖女が大活躍する場面が再生されていた。

「悪い盗賊たちを誰に頼まれたわけでもなく倒し！　さらに助けを求める竜の声なき声を聞いて、治してしまわれるなんてー！！！！！　はぁ、さすが聖女さまですわぁ～～～～！」

「確かに竜殺しってよく聞くが、竜を癒《いや》したやつってあんま聞かないよな」

「竜にすら慈悲をかける素晴らしいお方ということですわ！」

一方、ウフコックは盗賊たちを見下ろして言う。

「……貴様らを連行する。おとなしくついてこい」

「ああ……そうする。もう盗賊からは足を洗うよ。因果応報、視力を失ったのは悪いことをした報いか……」

と、そのときだった。

「おいお頭さんよ。この箱に入ったポーションは、あんたらのかい？」

「ポーション？　いや、そんなもんなかったが……？」

ボルスは洞窟の隅にあった木の箱を検《あらた》めると、中にはポーション瓶が入ってた。

「これは！　まさか！」

フィライトが中のポーション瓶を手に取って、じっと見つめる。

我が意を得たりとばかりに、フィライトはポーションをお頭にぶかっけた。

「ぺぺっ、なにすんだ……って！　目が！　目が見える！！！！」

金剛竜によって潰されていた目が、完全に修復していた。

まるで、時を戻したかのような素晴らしい効能。

フィライト、そしてボルスにはこの現象に見覚えがあった。

人外魔境の地で、聖女が起こした奇跡に似ていたからだ。

「白銀の聖女さまが、残してくれたのですわ！」

「!?　あの嬢ちゃんが……どうして……？」

お頭は首をかしげる。

自分たちは彼女の命を狙ったことがある。

助けられるいわれはなかった。

だがフィライトは、すべてを理解したような得心顔となってうなずく。

「これが、聖女さまなのです！　悪人だろうと救いの手を差し伸べるお方なのです！」

「そ、そんな……おれらは、嬢ちゃんを殺そうとしたのに、おれらを救うためにこの薬を……うぉおおおお！」

盗賊団のお頭、および、盗賊たちが涙を流す。

セイの慈悲深さに感謝している……のだが。

事実は、違う。別にセイは彼らに慈悲を与える気などなかった。

彼女が残したのは回復ポーション。

盗賊たちを縛り上げて放置したものの、街に送り届けることはしなかった。面倒だったたから。

いずれほっとけば人が来てこいつらを連行するだろうと。

だが人に見つかる前に、脱水で死なれても困る。

ということでポーションをいくつか置いていったのだ。

……決して悪人に慈悲をかけたのではなく、単にほっといて死なれても寝覚めが悪いから。

ただ、それだけだった。

「聖女さま！　おれぁ改心しました！　罪を償って、この受けた優しさと恩を、ほかに還元していきたいと思いますぅ！」

だがお頭を含めた盗賊たちは、セイの慈悲に涙を流し、改心した。

その姿を見て、うんうん、とフィライトとウフコックがうなずく。

「やはりセイさまは素晴らしいお方です！」

「……さすが白銀の聖女。悪をただ打ち砕くのではなく、改心させ、やり直すチャンスを与えるなんて」

元天導の聖騎士であるウフコックは、おのれの所属していた組織の女神よりも、よっぽどセイの方がすごいのではないか、とひそかに思い始めていた。

だがボルスだけは、「うーん、こいつらに脱水死にされても困るから、ポーション置いてっただけじゃねえかなぁ？」と真理をついていたのだが。

「「そんなわけないだろう！」」

と聖女信者二名によって、意見を封殺された。

ボルスは、面倒なのが二人になって、より面倒になったなぁと思うのだった。

二章

私たち一行は雨の問題をクリアしたので、ついに、海に……出る！

港町まで戻ってきて、さっそく船の手配をする。

船に乗ったことがなかったので、ゼニスちゃんに手配してもらった。

どうやら海運ギルドってところが船や港を管理してるみたい。

「……手配してまいりました」

「お、ナイスぅ。ありがとね」

ゼニスちゃんとトーカちゃんが、ギルドから帰ってくる。

私たちは近くの喫茶店でお茶を飲んでいた。

「スィちゃん、これはこーちゃ、ってゆーです」

「…………」ほぅ。

「おいしいのです！」

「…………」ごくごく。

「こっちはケーキ！　おいしいのです！」

「…………」もぐもぐ。

「あ！　お口にクリームが！　だふねが拭いてあげるのですー！」

「…………」にこにこ。

とまあラビ族ダフネちゃんは、新しく加わった旅の仲間、水精霊のスィちゃんのよきお姉ちゃんムーヴをするのであった。

スィちゃんは外に出たことがないため、何もかもを知らない。

ダフネちゃんが進んでスィちゃんにいろいろ教えている。

今まで末っ子ポジだったから、妹ができてうれしいのかもね。

「で、船のチケットだけど、行き先はどこになるのかしら？」

「……フォティヤトゥヤァという、島国です」

「フォティヤトゥヤァ……ああ、なんか聞いたことあるような……砂漠エルフの国だっけ？」

「……ええ。ゲータ・ニィガ王国の南にある島ですね」

「おお、南の島でばかーんす！　楽しそう！」

行き先はゼニスちゃんに決めてもらったのだ。まあ私はどこでもよかったので、この子らに任せようかなって。

まあ島はどこでもいいけど楽しいとこがいいねってリクエストは出しておいた。

「治安とかってどうなの？」

「……悪くないと聞いてます。砂漠エルフたちは人間に友好的な種族ですから」

砂漠エルフ。昔はダークエルフとか言われていた連中だ。

ゼニスちゃんたち森に暮らすエルフとは違って、暑いとこに住んでるのよね。

「よっしゃ、じゃ船に乗りましょう。めざせ、フォティヤトゥヤァ！」

「「「おー！」」」

☆

「「「おえぇぇえぇ…………」」」

船上の人となった私たち。

奴隷ちゃんズは船の甲板でダウンしている。

「きもちわるいのですぅ～……」「はきけが……うぷ……」「……これは、船酔いという現象で、うぷ、三半規管にダメージを負って……おえ」

奴隷ちゃんズは船に弱いみたい。

「ゼニスちゃんも船は初めて？　元王族だから乗ったことあるかなって思ってたけど」

「……そうですね。知識では知ってたのですが、乗るのは初めて……うぷっ」

あらら、みんなおつらそう。

ロボメイドはロボだから平気、スィちゃんは精霊だから平気。

「マスターは人間でないので平気。以上」

「おいこらロボ。私は人間だぞ」

「……セイさまはなぜ平然としてるのですか？」

「私が平気なのは、まあ師匠の下で錬金術を習っていたとき、あちこち行ったおかげかな。無人島からナイフ一本で脱出しろとか、火山の火口から蠟燭《ろうそく》を溶かさずに脱出しろとか」

そりゃもう過酷な修行をやってたので、いろいろと力もついたってわけよ。

「……そんな恐ろしい経験をなさったのですね」

「主殿……かわいそう……」

「おねえちゃん、だふねもつらかったけど、おねえちゃんとあえてとっても楽しいよ！」

奴隷ちゃんズが私に抱きついてくる。

あれ、なんか同情されてる⁉　なんで⁉

「「うぷ……」」

「あらら、つらいのね。そんなときは……お薬作りましょうかね」

と言っても、船酔いに効くポーションは持ち合わせてない。

師匠の工房にいたとき、ポーションをいくつか作って補充しておいたけど、まさか船に乗るなんて想定していなかった。

だからストックはない……けども！

「スィちゃん、さっそく出番よ！」

「………！」びしっ。

スィちゃんが敬礼のポーズをとる。

そういえば船の料金、スィちゃんの分も普通に取られた……。

位の低い精霊は見えない人が多いけど、スィちゃんは精霊女王の娘ってことで、位が高く、肉眼でも見えるんだってさ。

だから盗賊のやつらがスィちゃんのこと見えてたのねー。

「じゃ、魔力水ちょーだい」

スィちゃんが両手を伸ばして、手のひらの上に水球を作る。

翡翠《ひすい》がかった水……おお、本当に魔力水だ。

これ、まじで作るのちょ～～～～たいへんなのよね。

すごい簡便に作れるようになって、とっても助かるわー。

「さてこの魔力水を、錬金工房に入れてっと」

私は空中に光るキューブを出現させる。

これは錬金工房。魔法で作られた異空間で、この中で錬金術の作業を行える。

空間の中は外とは時間の流れが違うため、どんなポーションもちゃちゃっと作れる。

「ここに魔力水、各種ハーブを入れて混ぜます」

あとはウンディーネからもらった流体水晶でポーション瓶を作り、その中にお薬を注ぐ。

「はい。船酔いに効くお薬よ。【適応ポーション】っていうの」

私は奴隷ちゃんズに適応ポーションを飲ませる。

すると……。

「わぁ！　すごぉい！」「気持ち悪いのが一発で治ったでござるー！」「……飲みやすくて、とてもおいしいです。さすがセイさまのポーション」

奴隷ちゃんズから尊敬のまなざしを向けられる。

いやぁ、どうもどうも。

「す、すみません、そこのお嬢さん？」

「ん？　あなた誰？」

「失礼……旅のものでして。ブロッケスと申します」

背の高いハンサムな男だ。

ターバンみたいなものを頭に巻いてる。

小麦色の肌に、とがった耳。

「あら、あなたもしかして砂漠エルフ？」

「はい。その通りです。祖国に帰る途中でして……しかし部下たちが船に酔ってしまったのです。もしよろしければ今の素晴らしいポーションをお分けいただけないかと」

「いいわよ」

「ありがとうございます。では……」

「ちょっち待ってね。さくっと作るから」

私は素材をぶっ込んで、どちゃっ、と甲板に適応ポーションの束を置く。

「…………」

「とりあえず一〇〇本あるんだけど」

「あ、え、えっと……一〇本程度でよかったのですが」

「あらそうなの。じゃ好きな数持ってって」

「……すごい。我が国の宮廷錬金術師でも、ここまで早く魔法薬を作れるものはいない。彼女は……何者……」

ブロッケスさんが何かブツブツ言ってるわ。

ま、どうでもいいけど。

「持ってかないの？」

「ああ、すみません。それでお代なのですが」

「え、いらないわよ」

「……は？　わ、わたしの聞き間違えでしょうか？　お代がいらない？　船酔いを一発で治す、素晴らしい薬なのに？」

「うん。作るのも手間じゃないし、材料費もただ同然だしね」

前までだったら、魔法水を作るのにすごいコストがかかっていた。

でも今はスィちゃんがいるので、作るのに一番お金がかかった魔法水をただで使い放題！

だからお金なんてもらわなくてもいいのよね。

「おお……なんということだ。困ってるわれわれに、無償で薬を譲ってくれるなんて。あなたはとてもお優しい」

「そういうのいいから、ほら、部下さんたち待ってるんでしょ？　届けてあげなさいって」

「ありがとうございます！　あとで、正式にお礼に参りますので、お部屋の番号を教えてください」

フォティヤトゥヤァまで結構距離があるので、何日か船の中で泊まることになる。

まあ別にお礼なんてどうでもよかったけど、ぜひにと熱心だったので、仕方なく部屋番号を教えてあげたのだった。

「それにしても、さっきのイケメン、誰なんだろうね？」

「……私はどこかで見たことがあります」

「あらゼニスちゃん、どこかって？　直近？」

「……まだ私が王女だった頃だったので、だいぶ前ですが」

ふぅむ、あの砂漠エルフ、なおさら何者なんだろうかって気になったのだった。

☆

船に乗って南の島国フォティヤトゥヤァへと向かう私たち。

数日の船旅ということで、私は奮発して一番いい部屋を確保した。

「わー！　おふねなのに、ふかふかベッドなのですー！」

一等室はホテルのスイートルームかってくらい広くて豪華だった。

シャワールームもあって、でっかいベッドまである。

ダフネちゃんとスィちゃんが、楽しそうに走って、ベッドに飛び込む。

バウンバウン！　と二人が腹ばいのまま飛び跳ねる。

「おお、楽しそうでござるなぁ～。どれ拙者も！」

トーカちゃんもキングサイズベッドに飛び込んで、バウンバウンしている。

「……三人とも、あまりはしゃぐとベッドのスプリングがだめになってしまうわ」

「でもたのしーのです！」「…………」こくこく「ゼニスも一緒にバウンバウンするでござる！」

三人でバウンバウンしてる。

かわよ。ゼニスちゃんはあきれたようにため息をつきながら、私を見やる。

「……セイさま。我々奴隷にもこのような素晴らしいお部屋を用意してくださり、ありがとうございます」

「いいってことよ。みんな仲間だし。それにこんなおっきな部屋、一人で使ったらさみしいわ」

「「わーい！　ありがとー！」」

ふふ、微笑ましいわ……。

「マスター。ここドリンクのサービスまでついてます」

「あんたはちょっと遠慮しなさいよロボメイド……」

シェルジュがあいてるベッドを占領し、肘をついて飲み物を飲んでいた。

「ベッドはキングサイズが二つ。ソファが一つか。じゃ、奴隷ちゃんズ二人ずつでベッド使って。私はソファで十分よ」

「マスター、ワタシは？」

「あんたはスリープモードになるだけなんだから、床で十分でしょ？」

「労基署に訴えます」

なによロウキショって聞いたことないわよ……。

「だめなのですっ。おねえちゃんは、ベッド使ってほしいのです！」

「そうでござるよ、主がソファで従者がベッドなど、許せませぬ！」

「ええー……そう？　宮廷で働いてた頃は、結構ソファで寝てたから、別に慣れてるしいいんだけど」

「「ノー！」」

ということで、私はベッドを使うことになったのだけど……。

「せ、狭い……」

私の左右にまずダフネちゃんとスィちゃん。そしてゼニスちゃんとトーカちゃん……と。

シスターズ＋精霊で、私のベッドは大変なことになっていた。

まあ、元々のベッドが大きいんだけど、さすがに五人じゃ手狭よねぇ……。

「マスター、モテモテ。ひゅーひゅー」

「あんた一人でベッド使ってんじゃないわよ、ったく……」

☆

トラブルが起きたのは、その日の深夜だった。

なんだか外が騒がしいなってことで、私は甲板へとやってきた。

「ひるむな、撃て、撃てー！」

「くそ！　当たらない……！　なんて素早いやつなんだ！」

っ　たく、うるさいわねぇ……。

なんなの、この騒ぎ？

「セイ・ファート殿！」

「あら、あなたは確か……ブロッケスさん？」

砂漠エルフのイケメンが、大汗をかきながら近づいてくる。

「セイ殿！　船内にお戻りくださいませ！　ここは危険です！」

「危険？　何かあったの……？」

「はい。現在、この船が謎の巨大モンスターに襲われているのです」

「謎のモンスター？」

まあモンスターに襲われるのはわかる。

海に生息するやつっているしね。

でも謎のってどういうことかしら？

すると……。

海中からびゅるっ、と何か大きなものが這《は》い出《で》て、甲板にいる人を摑む。

「ぎゃああ！　たすけ、助けてぇえええええええええええ！」

「あれは……触手？」

海から飛び出ていたのは、大きな触手だ。

吸盤付きの、でっかいやつ。

「イカ……いや、タコ？」

「やつは海から姿を見せないのです。敵影はあれど、まったく」

「ははあん……なるほど……海からこっちを攻撃してるわけね」

けど謎のってことはないでしょ。

タコかイカの二択でしょうし。

船員が甲板から砲撃を行っている。

だが敵は素早く海の中を移動しているせいで、まったく当たらないでいた。

「おのれ！　私の大事な部下を！　うぉおおおお！」

触手に捕まっている砂漠エルフさんを、ブロッケスさんが助けに行く。

ゴテゴテとした大剣を手に持って斬りかかるも……。

「ぎゃあああ！」

「ブロッケス様！」

あらら、逆に捕まってしまってるわ。

「触手を狙え！」

「ばか！　ブロッケス様や捕まってるやつに当たるだろ！」

「くそぉお！　どうすればいいんだぁ！」

そのうち触手が船に絡みつきだした。

あー、もう面倒。

「ロボメイドー」

「お呼びですか？」

寝間着姿のシェルジュが現れた。

猫の耳がついた着ぐるみみたいなやつだ。

猫なのに、お腹《なか》のところに袋がついていた。

フクロモモンガ？　有袋類？

「上級ポーションちょうだい」

「しょうがないなぁ～」

いやにダミ声で、シェルジュが自分の下腹部についた大きなポケットに手をつっ込む。

「じょーきゅーぽーしょん～」

「さっさとよこしなさい」

私はポーションを振りかぶって投げる。

「夜中に騒ぐな、私の可愛い子らが起きちゃうでしょうがー！」

放り投げたポーション瓶が宙を舞う。

タコだかイカだかの触手がそれをぱりんと割った。

その瞬間……。

ガキィイイイイイイイイン……！！！！！

「なっ!? そ、そんなばかな！ 海が……凍っただと!?」

ブロッケスさんを含めた砂漠エルフさんたちが驚いてる。

船の側面にいるだろう、イカだかタコだかのモンスターごと、海を凍らせたのだから。

「あ、あなたがやったのか……セイ殿？ いったいどうやって」

「ええ。氷獄《フリーズ》ポーション。一瞬で周囲を凍らせるポーションよ」

イカだかタコだかは水中にいて素早く動くのなら、水ごと凍らせればオールオッケー。

船の進行方向は凍らせなかったから、問題なく運行はできるでしょう。

「触手に捕まってる人の救助は任せるわ」

「セイ殿は!?」

「私は……寝る！」

まったく、夜中に起こすんじゃないわよってんだ。

「……あの化け物を一瞬にして無力化するとは。やはり……彼女は……すごい……。彼女ならば、窮地の我が国もきっと……」

触手に捕まった状態のブロッケスさんが何かをつぶやいているのだった。

☆

船旅中の私たち。

巨大イカだかタコだかを氷漬けにして倒した翌朝。

私の部屋に、砂漠エルフのイケメンが訪れた。

「ああ、あなた確か……ブロッケスさん」

「はい。実はあなたさまに昨日のお礼に参りました」

「お礼？　あー……イカだかタコだかのやつ？」

「はい。本当にありがとうございました。これは心ばかりの感謝の品なのですが」

ブロッケスさんは部下に持たしていた革袋を、私に手渡してきた。

ふむ、ルビーか。

なかなかの純度ね。

魔法ポーションの素材になるわ。

「もらっとくわ」

「ありがとうございます。……実はあなたさまに折り入ってお願い事があるのですが」

「えー……。お願いって言われても……私、バカンスに来てるだけだから困るんだけど」

「話だけでも、どうか！」

あまりにブロッケスさんが何度も頭を下げるものだから、なんだか不憫に思えて、仕方なく私は話だけ聞いてあげることにした。

「実はわたしは、フォティヤトゥヤァの王子をしておりまして」

「あらま、王子」

フォティヤトゥヤァとは私たちがこれから行く国の名前だ。

王子って、偉い人じゃん。

「偉い王子が船に乗って何してたの？」

「ダンジョンを攻略してくれる、猛者を探しておりました」

「ほ？　ダンジョン？」

世界中に存在する、地下に広がるモンスターの巣窟のことだ。

「王子がなんでダンジョンを攻略する人員を探してるの？」

「実はダンジョンが出現した場所が……我が国の王都、しかもど真ん中なんです」

「はー？　街中にダンジョンが出現？　珍しいわね」

通常、ダンジョンっていえば森とか洞窟とか、魔素《マナ》がたまりやすい場所に生まれるものなのだけれどね。

ああいうのって自然発生するものだから、いつどこに発生するかコントロールできないし。

にしたって街中にできるなんて……。

「迷惑千万ね」

「はい。我が国の中枢にダンジョンができてしまったせいで、国民たちはみな怯えております。しかもとてもやっかいなことに、ダンジョンの難易度は最高のＳ」

「へー……Ｓ級ダンジョンねえ」

そんなものが街中にどーんとできたら迷惑よ。

ダンジョンの浅い層にいる魔物が外に出ることがままあるしね。

「王都は今大パニックを起こしておりまして、国外で倒せそうな猛者を探したのですが、みなＳ級ダンジョンだと知ると尻込みしてしまいまして……途方に暮れていたところ、あなたさまに出会ったのです」

なるほどね。私にダンジョンを攻略してくれってことか。

「お願いします！」

「だが、断る」

「……っ！　り、理由を聞いても？」

「逆に聞くけど、私がダンジョンを攻略しなきゃいけない理由って何かしら？」

私は部外者だし、この王子の親でも姉妹でもない。

これから行くのは観光目的であって、モンスターを倒す武者修行の旅みたいなことしてるわけじゃない。

「マスターはしかし、見ず知らずの村人を助けまくっていませんでしたか？」

「そりゃね、力のない村人さんたちは、かわいそうだし、ほっといて死なれたら嫌よ。でも……この人は王族で、お金も権力もある。つまり自分で問題解決する能力がある。それなのに、努力を放棄して、たまたま出会った女に頼ろうとするなんて、ちょっと無責任すぎない？自分の国の問題くらい自分で解決しなさいな」

ゼニスちゃんの国、エルフ国を助けたのは、まあ成り行きってのもあるんだけど、私の可愛い奴隷ちゃんの祖国だったからという理由がある。

何の縁故もない国をどうして私が助けなきゃいけないの？

しかもこの人たちは金も権力もあるのよ？

「だいいち私は王族が嫌いなの。パワハラでひどい目に遭ったからね！」

「逆恨みでは？」

うっさいなロボメイドは。

「私、何か間違ってること言ってる？」

ブロッケスさんが目を閉じて、ふるふると首を振る。

「いえ……あなたさまのおっしゃる通りです。自分で解決する努力を放棄しておりました。申し訳ありませんでした……」

「ん。わかればいいのよ。まあ同じ国にしばらく滞在するから、相談に乗ってあげることくらいはできるわ。あくまでも、相談だからね」

「それだけでも大変ありがたいです。賢者さまのお知恵を拝借できるなんて」

「いや……賢者じゃないんですけど。てゆーか、本職の賢者に怒られる……」

「本職？」

「私の師匠、賢者ニコラス・フラメルのことね」

「ニコラスさまのお弟子さまでしたか！」

あれ、このイケメンも知ってる感じなん？

「実はニコラスさま、先日我が国を訪れたのです。そしてS級ダンジョンに入っていかれました」

「え？　あの人ここ来てたの？」

「はい。なんでも、【柔らかい石】が採れるからと」

「なぁ!?　や、柔らかい石ですってぇええええええ！」

そんな！　まさか！　いやでも、あの人が言うんだから間違いないか……。

ええ、でも……柔らかい石があるなんて……！

「……セイさま、なんでしょうか、柔らかい石とは？」

「錬金術に使う超レア素材の一つよ！　めったに手に入らないの！」

「……セイさまのお師匠さまは、そのレア素材を回収するため、ダンジョンに行かれたと」

「みたいね！　あー……いいなぁ。柔らかい石……。欲しかったのよねぇ……」

あれがあれば作ってみたかった霊薬を作ることができる。

めったに手に入らない素材がそこにある……。

「あー。ブロッケスさん」

「なんでしょう？」

「ダンジョン、行ってあげてもいいわよ」

「！　ほ、本当ですか!?」

さっきまでの暗い表情から一転して、ブロッケスさんは笑顔になる。

一方でロボメイドがしれーっとした表情で言う。

「自分の欲しい素材が手に入るから、ついでにダンジョン攻略ですか。以上」

「そーよ。悪い？　私はいつも言ってるけど聖女じゃなくて錬金術師なの」

困ってる人がいたらほっとけない救いのヒーローさまじゃないんだからね。

「ダンジョンって今は国が管理してるんでしょ？」

「はい。入り口に兵士を置いて、出入りを制限しております。低ランクの冒険者が勝手に入って死なれても困りますし」

「ＯＫＯＫ。じゃ、私あなたに協力するわ。だからダンジョンに入れて」

「はい！　もちろん！」

よっしゃ、欲しい素材手に入れるどー！

やったー！

「マスター。フラメルさまもダンジョンの中にいるのなら、鉢合わせになるのでは？　以上」

「あー……かもね。ま、でもあの人も素材集めが目的だろうし、先に入ってるみたいだし、顔を合わせることはないんじゃない？」

「……会いたいとは思わないのですか？」

「別に～」

まあ嫌いではないけど、積極的に会いたいとも思わないのよね。

あの人には散々苦労させられたから。

「さて、そーと決まればさっそくフォティヤトゥヤァにれっつらごーよ！」

「……と言いましても、船であと二日かかりますが」

「そんなに待てないわ！」

私、すぐに柔らかい石が欲しい。

し、ほっとけば師匠が全部採掘しましたー、なんてことになってるかもしれない。

それはなんとしてもさけたい！

「ということで、ショートカットします。シェルジュ」

私はロボメイドに預けていた魔法ポーションを手に取って、甲板へと出る。

「……セイさま。いったい何を？」

「ほんとは優雅な船旅をーって思ってたんだけど、師匠に柔らかい石をぶんどられても嫌だから、仕方なくこれを使います」

私は船の一番後ろまで来て、ポーションを海にぶん投げる。

すると……。

びょぉおおおおおおおおおおおお！

「「ぎゃぁあああああああああああああ！」」

船がものすごい勢いで、空へ向かってぶっ飛んだのだ。

シェルジュには氷の弾丸で、甲板にいた人たちを固定させている。

「せ、セイ殿!?　これはいったい！」

「風凧《カイト》ポーション。風を発生させ、上空をすごい早さで移動するポーションよ」

情緒がないのと、あと単純に揺れて気持ちが悪くなるから、使う気なかったんだけどね。

船はものの数十分で、目的地であるフォティヤトゥヤァの港へと到着。

「す……すごいですセイ殿。船で二日の距離を、たった数十分に短縮するなんて……」

酔い止め飲んでるブロッケスさんが感心したように言う。

私は船長のところへ行き、酔い止めをたくさん置いておく。

酔った人いるかもだからね。

「さ！　いざゆかん、ダンジョンへ！」

☆

船は私の魔法ポーションのおかげですぐに港に到着した。

「あうぅう……暑いのですぅ……」

島に到着したとたん、すさまじい暑さを覚えた。

空気がカラカラに乾いてて、純粋に暑い。

「……フォティヤトゥヤァは南国。暑いとは聞いていましたが、ここまでとは」

物知りゼニスちゃんが違和感を覚えてるようである。

ブロッケス王子が首を振って言う。

「いえ、普段は確かに暑いですが、ここまではありません」

「ん？　なに、今が異常ってこと？」

「はい……実はダンジョンの影響なんです」

私たちはちーちゃんに乗って、王都を目指す傍ら、王子から情報収集をする。

曰く、

ダンジョンが出現してから気候がおかしくなった。

内部には炎のモンスターが多く存在している。

有識者によるとダンジョンの主として、炎のモンスター以上のものがいるのではないか、とのこと。

「それ以上って何さ？」

「魔神、と」

「魔神ねえ……」

ゼニスちゃんが首をかしげながら聞いてくる。

「……魔神といえば、遥か昔、地上で悪さしていた神のなれの果てと聞きます。ですが、冥界の魔女と呼ばれる存在が、冥界に封印した……と」

「あら物知りねえ、さすがゼニスちゃん。でもね。その魔女の封印ってやつ、結構もろくなっててね、ちょいちょい復活してるのよ」

ゼニスちゃん、そして王子が目を丸くしてる。

え、なに。

「ど、どうしてそのようなことを知ってらっしゃるのですか？」

「どうしてって……師匠と修行してたとき、そこそこ会ったことあるからよ。てゆーか、あの人、魔神を再封印するために、あちこちブラブラしてるとこもあるんだから」

まあ元々放浪癖のある人だけど、でもただぶらついてるだけじゃないのよね。

「つ、つまりセイ殿は、魔神を倒したことがあると？」

「まーね。さすがに素手じゃ勝てないけど、ポーションを装備していれば……って、どうしたの？」

王子が跪《ひざまず》いて、私の手を取る。

「ありがとう！　あなたさまが我が国を訪れてくださったのは、神のおぼしめしに違いない！」

「おおげさねえ……まだ何もしてないのに」

まぁ、本当にダンジョンに魔神がいるかは定かじゃないが、出てきたとしても、ポーションがあればなんとかなるでしょ。

魔法ポーションを補充する必要はあるけど、作るのが一番面倒な魔力水はスィちゃんがいればすぐ手に入るしね。

「……殿下。セイさまから離れてください」

「そーなのです！　離れて！」

「…………」しゃー！

ゼニスちゃん、ダフネちゃん、スィちゃんが、私から王子を守るように立つ。

トーカちゃんとロボメイドはちーちゃんを操縦してるので参加してこなかった。

「おねえちゃんは、だふねたちのおねえちゃんなのですー！」

「…………」こくこく！

「それはすまなかったね」

苦笑しながら王子が私から離れる。

ふんす、と鼻息を荒くしたあと、ダフネちゃんが私にひっついてきた。

「どうしたの？　暑いでしょ？」

「暑いのです。でもでも、おねえちゃんをお守りするのです！」

「？　ありがとう……？」

なんのことやら……。

ま、でもくっついてるダフネちゃんたちが可愛いから、ＯＫです。

「……セイさま。これからの方針ですが、いかがなさるおつもりですか？」

「現地に着いたらとりあえず素材集めね。魔法ポーションを補充して、それからダンジョンへって感じかな」

幸い王都は人も物も多いだろうし、素材は手に入りやすいだろう。

自分で狩るか、商業ギルドや露天商を見て回る感じかな。

「あなたたちはダンジョンの外で待っててね」

「「え〜〜〜〜〜〜〜〜〜〜〜〜〜〜！！！」」

トーカちゃんを含めた奴隷ちゃんズが声を張り上げる。

あら、驚くとこかしら。

「だってダンジョンって危ないとこなのよ？」

「……そのようなところに、セイさまお一人で行かせられません！」

「だふねもついてくのです！」「…………」こくこく！

「主殿が一人危ない場所へ行かれるというのに、外で待っていられる家来がいましょうか！

我々も同行いたしますぞ！」

奴隷ちゃんズは私のこと心配してるらしい。

くぅ……なんていい子たちなの！

「あ、ワタシは外で待っててていいですか」

「あんたがついてこないと、誰がポーションを運ぶのよ」

魔法ポーションって保存が難しいのよね。

すぐに劣化しちゃう。

だからロボの持つストレージ機能がないと、長い時間ポーションを持ち運べないのだ。

「あまり暑いとオーバーヒートしてしまうのですが、以上」

「あとで調整してあげるから」

「ちっ……」

こ、この反抗期ロボめ。

「しかしセイ殿。ダンジョン内部は魔神以外にも、危険な存在がおります。このか弱い少女たちを連れていくのはさすがに危ないかと」

王子さまも同じ意見のようね。

「まー、でも大丈夫じゃない？」

と、そのときだった。

ぴんっ、とダフネちゃんのうさ耳が立つ。

「おねえちゃん！　モンスターなのです！　砂の中から、うごごごって！」

「お、ダフネちゃんなーいす」

この子耳がいいから、敵の接近に誰よりも早く気づけるのよね。

いやぁ、役に立つ子ぉ。

「シェルジュ。ダフネちゃんの指示する方に狙撃」

「やれやれ、ロボ使いが荒いです。以上」

「はよやれ。あと、あれまいといてね」

シェルジュがストレージから、細長い筒を取り出す。

これは魔法狙撃銃《マジック・ライフル》といって、遠くの敵を攻撃するための銃だ。

シェルジュは一発、砂漠地帯に向かって銃弾を放つ。

「ＧＩＳＨＡＡＡＡＡＡＡＡＡＡＡＡＡＡＡＡＡＡ！！！！！」

砂から飛び出したのは、巨大なサメだった。

「サ、砂鮫《サンド・シャーク》です！　砂地を泳ぐ凶悪なモンスター！」

「おねえちゃん、さめさん、いっぱいいるです！」

「なっ!?　しかも……複数体も!?」

王子が驚いてるところから、そんなに頻繁に出るようなモンスターじゃないみたいね。

「どうして……？」

「……おそらくはダンジョンの影響でしょう。ダンジョンが現れると、周辺の魔物が活性化するというデータがあります」

「なっ！　そんな……まずい、すぐに護衛たちに知らせて戦わなければ！」

王子が焦り出す。

「まーまー、だいじょーぶでしょ。Aランクなら」

「何を言って……」

「GISHAAAAAAAAAAAAAAAAAAA!!!!」

鮫の群れが砂から飛び出して、私たちのもとへ襲いかかってくる。

だが……。

「「!!!!!!」」

びくん！　と鮫たちは空中で体をこわばらせる。

どどう！　と大きな音を立てて砂の中に潜る……。

「おねえちゃん、さめさんたち帰ってくのです！」

「なっ!?　馬鹿な……どうして!?」

「……なるほど、魔除《まよ》けのポーションをまいておいたのですね」

さすがゼニスちゃん気づくのが早い。

そう、シェルジュには、ちーちゃんに魔除けのポーションをかけておくよう指示したのだ。

「これがあれば雑魚敵なら近づかない。だから、ま、ダンジョンもよゆーでしょ」

「おお……なんという、素晴らしいお力！　やはりセイ殿は、すごい！」

王子になんだか感心されてしまったのだった。

魔除けのポーションくらいで驚かれてもねえ。

☆

「あっついわー……」

何というか、灼熱《しゃくねつ》地獄がそこに広がっていた。

ムシムシとかそんなレベル通り越してる。

これ……歩いてるだけで肌がやけどしちゃうんじゃないの……？

だからか、みんな長袖を着ている。あつそぉ。

「あぅう〜……」「…………」

ダフネちゃんとスィちゃんが死にそうになってる。

これは……大変だ！

「ロボメイド！　魔法ポーションを！」

「自分の可愛い奴隷がピンチのときだけがんばるんですね。以上」

「とーぜんでしょ。ハリーアップ！」

ロボメイドのストレージから魔法ポーション二つを取り出す。

魔道具に魔力を通すと、空中に立方体が展開。

錬金工房。中でポーション作成が可能となる、小さな工房だ。

私は二つのポーションを工房の中に入れる。

そして流体水晶で新しいポーション瓶を作っておく。

二つのポーションを合体させ、新しい薬を作ると、ポーション瓶の中に新薬を注ぐ。

「うっし完成。トーカちゃん！　これを真上にぶん投げて！　思いっきり高く！」

「心得た！」

トーカちゃんは瓶を摑むと、オーバースローで上空にぶん投げる。

ロボメイドは私が指示せずとも、狙撃銃で瓶をぶち割る。

中身がぶちまけられると同時に……。

ごぉ……！　と銀色の風が吹く。

「はれ？　暑さが……和らいだのですー！」

「…………！」

ダフネちゃんたちに笑顔が戻る。

よかったぁ～……。

「おねえちゃん、なにかしたの？」

「うん。ポーションを組み合わせて、ちょっと涼しくなる風を吹かせてみたの」

「……そんなことができるのですか？」

私はゼニスちゃんに説明する。

「うん。魔法ポーションの氷獄ポーションと風爪ポーションを合成させて、氷の風の結界を作ったのよ」

氷獄ポーション単体だと効果が強すぎる。

だから風爪ポーションで効果を中和しつつ、広範囲に、長時間効果が続くように調整したのだ。

「……すごい、薬同士を組み合わせて効能を調整したのですね」

「そゆこと。薬って単体で使うんじゃなくて、本来こうして複数組み合わせて使うものなのよ。

一つだけじゃ効果が強すぎちゃうのよねぇ」

王子が目を輝かせて私の手を握ってくる。

「ふぁ、な、なによ……？」

「素晴らしい！　王都の窮状を、一瞬にして改善してしまわれるなんて！　すごいです！」

「あーはいはい、別に感謝しなくていいから。私はただダフネちゃんたちがつらそうにしてたのが見てられなかっただけだからね」

というかこの王子すごいぐいぐい来るな。すぐに手握ってくるし、顔近づけてくるし。

ちょっと失礼じゃない……？

王族ってみんなこんな距離感バグってるの？

改めてほしいわー。

「マスター、ツンデレ？」

「純粋に不快。離れて」

「あ、す、すみません……」

ブロッケスさんが私から離れる。

まったくちゃんと適切な距離を保ってほしいもんだ。

「魔法薬による結界も一時的なもんよ。その間にさくっとダンジョン攻略してくるから」

「よろしくお願いします、セイ殿……なにとぞ」

「うむ。じゃ、協力してね」

そんなこんなあって、私たちは王宮へと案内された。

白亜の立派な建物だった。

ゲータ・ニィガの王城と違って、縦じゃなくて横に広い感じのお城ね。

私たちは来賓室に通される。

「さて、じゃダンジョン攻略の準備しないとね。王子さま、とりあえず欲しいものがあるんだけど」

「なんなりとお申し付けください！　すぐに用意してまいりますので！」

「うむ。シェルジュ、紙とペンぷりーず」

シェルジュからメモ帳をもらって、さらさらと買ってきてほしいものリストを作る。

「こんなもんか。ほいよ王子さま。これを……って、どうしたの？」

私からもらった紙……じゃなくて、私の持っているペンを見て、王子が言う。

「あの……セイ殿。そのペンは……インクにつけてないように見えたのですが」

「ん？　ああこれ。魔法ペン。中に術式が組み込まれてて、魔力を吸ってインクを無限に生み出すペンよ」

「インクを無限に!?　じゃ、じゃあ……ペンをインクにわざわざつけずともよいのですか!?」

「？　ええ」

「す、す、すごい……こんなペン、見たことない！　そうか……水の魔法でインクを作って……なるほど！」

またも王子が私の手を掴んで、ぐいっと顔を近づける。

ええい、無礼者め。

「…………！」

スィちゃんが両手を伸ばして、王子に向かって水をぶっかける。

結構な水流によって王子はぶっとんでいき、そのまま壁にぶつかる。

「えとえと、【セイお姉さまに近づくな！】なのです！」

「……よくやりました、スィ」

「…………」むふー！

奴隷ちゃんズと精霊ちゃんが、私の前にバリアを張るようにして立つ。

「……セイさまに気安く近づかないでください」

「す、すまない……つい……」

「……あなたさまはセイさまからお使いを頼まれたのでは？　早く行ってください。目障りです」

「あ、ああ……失礼する……」

王子がすごすごと部屋から退散していく。

んふー、と奴隷ちゃんズが鼻息をはく。

「……悪い虫は、私が追い払います」

「なのです！」「…………！」

「ええっと……ありがとう？」

「マスター。モテモテでうらやましいです。以上」

まったくうらやましそうに見えないんだけどね。

☆

王子に素材を取ってこいとぱ……こほん、お願いしてから数日後。

「よっし、準備完了。いざ行かん、ダンジョンへ！」

私たちはフォティヤトゥヤァの王都、トゥヤァの街の中心に来ている。

地面からせり出したほこらのようなもの。

地下へ向かって階段が延びている。

この下にダンジョンがあるんだってさ。

「セイ殿……ほんとうに護衛は必要ないのですか……？」

ブロッケス王子が心配そうに聞いてくる。

この王子、王族なのにあんまり偉そうな感じがしないのよね。

まあ都合がいいってゆー……それだけなんだけどね。

「問題なっしんぐ。奴隷ちゃんズも精霊ちゃんもいるし。あとついでにロボもいるからね」

「しかしこのダンジョンは、Sランク冒険者も挑んで失敗するほどの難易度のダンジョンなのですが……」

「大丈夫大丈夫。それより、余計な人がダンジョンに入ってこないよう、しっかりと入り口を見張っといてね。いい、絶対に誰も中に入れてはだめよ」

柔らかい石の取り分がなくなっちゃうからね！

おお……とブロッケス王子が感心したようにつぶやく。

「セイ殿……さすがです！　わかりました、これ以上の被害者が出ないよう、誰も中に入れないよう徹底させておきます！」

「え？　あ、うん。よろしく」

「単に取り分が減らないように入場制限したいだけなのに、いい方向に解釈されてますね」

「うっさいポンコツロボ。さ、みんな行くわよー。はぐれないようについてきてー」

「「はーい！」」

私たちは縦に並んで階段を降りていく。

先頭は私、しんがりはロボメイドのシェルジュ。

……正直今でも、この子らを外に置いておきたいって気持ちは強い。

まー、何かあってもこの子らのスペック高いから自分たちでなんとかできるだろうし、私やロボメイドがいればなんとかなるけど……ね。

それでもなぁ……。

「？　だいじょうぶなのです！　危ない敵は、だふねのお耳が見つけてあげるのですー！」

私を守るんだって息巻く、この子らの笑顔を見ていると……ね。

「あー、ところで君たち。これを飲んでおきたまえ。シェルジュ」

シェルジュ、察しなさいよ。

こくんと彼女がうなずいて、ストレージから魔法薬を取り出す。

シェルジュが魔法薬を奴隷ちゃんズに配る。

「主殿、なんでござるかこれは？」

「すいー……」

「……？」

「スィちゃんは可愛いなー」

「……！」えへへ。

精霊ちゃんの頭をよしよしとなでる。

うれしそうに目を細めていた。なんだか罪悪感。

「強化ポーションよ。何かあったら大変じゃない？　ねえシェルジュ」

「すいー……」

「ロボメイド」

「スィさまは可愛い。以上」

「……！」えへへへん。

ったく、おしゃべりメイドめ。

「わかったのです！」「いただきますでござる！」「…………」

ごくごく、と奴隷ちゃんズがポーションを躊躇《ちゅうちょ》なく飲む。

そして……。

「「「ぐぅ……」」」

「ふぅ……ごめんねみんな」

ぐったりと力を抜いてその場にしゃがみ込む、奴隷ちゃんズ＋スィちゃん。

やれやれ、とシェルジュがため息をつく。

「ここに来る前に飲ませておけばよかったのに、睡眠薬。以上」

「う、うるさいな。飲ませるタイミングがなかったのよ」

「どーせ柔らかい石のことで頭いっぱいだったけど、ふとやっぱり思い返して危ないなって思い出して、アドリブで飲ませたんでしょ、以上」

「うっさいやかましい。早くこの子らを運びなさい」

ロボメイドに奴隷ちゃんズとスィちゃんを抱えさせて、階段を上っていく。

「セイ殿！　どうなさったのですか!?」

「あー、この子らその……睡眠トラップに引っかかったみたいなの。悪いけどブロッケスさん、この子らを預かっといて。くれぐれも、丁重にね」

「おまかせください！！！」

よし、これで大丈夫。

ごめんねみんな。

やっぱりみんなが怪我するみたいな展開は私、許せないの。

そこで待っててちょうだいね。すぐ帰るから。

「行くわよシェルジュ」

「え？　以上」

「え、じゃないわよ。あんたも来んのよ。誰が柔らかい石を持ち帰るのよ」

「やれやれ、ロボメイド使いが荒いですね。この子らに向ける優しさの一ミリでも、ワタシに向けてくれてもいいのに。以上」

「よーし、しゅっぱーーーつ！」

私の後ろからシェルジュがついてくる。

階段は地下へ地下へと延びていた。

私とシェルジュはまっすぐ降りていく……。

「ながっ！」

やたらと階段がなっがいわ！

んもー、めんどい！

「しぇーるじゅ！　ポーション！」

「はいはい」

シェルジュに持たせていた魔法ポーションを受け取る。

それを床に向かって投げる。

ぱりんと音を立てると、ぬるぬるとした液体が下へとしたたり落ちていく。

私は流体水晶で、水晶の板を作り、それを放り投げる……。

「よいしょーい！」

私が板に乗ると、そのまままつるるるぅ～……と板が滑っていく！

これは滑落《スリップ》ポーション。

本来の使い方は、敵の足下に投げて転ばせるという移動阻害用のポーションだ。

けれどこうして水晶板の底に塗りたくったことで、摩擦をゼロにし、まるでサーフボードのように階段を一気に下っていく。

やがて最下段まで到着し……。

「いえーい到着ー！」

ばごぉおおおん！

「ん？　何今の……？」

私は水晶板から飛び降りて、階段下のホールに着地する。

振り返るとそこには、妙な形のオブジェがあった。

見上げるほどの大きさの、人型の銅像？　みたいなもん。

けどお腹のあたりに大きな穴が開いていた。

「ま、いっか！」

「マスター。なにいきなりやらかしてるんですか。以上」

「やらかす？　なにそれ。ただ私は一気に下ってきただけよ」

「勢い余って門番を……ってマスター、お待ちください、マスター。以上」

さ！　ぼやぼやしてたら、あの馬鹿師匠に柔らかい石を全部取られちゃうわ！

急げ急げーい！

☆

「目指すは柔らかい石！　あの強欲師匠に全部取られる前に、全部回収しないとね！」

「師匠が師匠なら弟子も強欲、以上」

「だって柔らかい石って、滅多に取れないのよ？　貴重なのよ？　なら欲しいじゃない！」

「ほんと、似たもの師弟です。以上」

さてっと、まずは現状を把握しようかしらね。

ここは王都トゥヤァ地下にあるダンジョン。

炎の魔神がいる影響か、全体的に暑い。

てゆーか、床や壁からマグマがどろっと流れ出ている。

地下空間だっていうのにやたらと広い。

マグマの地下大迷宮ってとこかしらね。

「目指すはボス……迷宮主《ボスモンスター》のところですか、以上」

迷宮。ダンジョンには主と呼ばれる存在がいる。

そいつが迷宮主。

迷宮主は迷宮核という、ダンジョンの心臓を守っている。

その核をぶっこわせば、ダンジョンは自然消滅する。となると……。

「ばっか。まずは柔らかい石の採石場でしょ！」

「外で苦しんでいる人たちがいますが」

「私のポーションが暑さを和らげてるでしょ？　モンスターは王子さんたちがなんとかするし。問題なし！」

「どこまでも自分勝手ですね、やれやれ」

はっはっは、このロボは口が達者ねえ。

口パーツを外しちゃおうかしらね。しないけど。

「じゃ柔らかい石の採石場を探して、シェルジュ」

「またあなたは無茶を……」

「できるでしょ、マッピング。はよはよ」

実にだるそうに、ロボが地面に手をつく。

特殊な振動波を出して、地下の内部構造をスキャンしてるのだ。

「しばらくかかります。マスターはあれの相手をお願いします」

「あれ……？　ああ、モンスターね」

マグマだまりから、ぬぅう……と巨体が姿を現す。

見上げるくらいの大きさの……。

「トカゲね」

「草」

草？　赤いうろこに包まれた、ただのトカゲでしょ？

「はいはい邪魔しないでねーっと」

私は氷獄ポーションをぶん投げる。

トカゲにぶつかると、瞬時にトカゲが凍り付く……。

だが、すぐに氷が溶けてしまった。

「あらま、だーるいわ。シェルジュ。ポーション」

「今手が離せないのですが」

「ええい、役立たず」

「ひどい言われようです」

そうこうしてるとトカゲがこっちに向かって走ってくる。

ばかでかい図体《ずうたい》のトカゲが突っ込んでくる。

人によっちゃ、おっかなくって動けなくなるかもね。

けど私はばか……もとい、馬鹿師匠とあちこち危ないところに行ったことがある。

修行の一環とかぬかしてたけど、どう見ても危険地帯に素材を採取しに行く雑用係が欲しかったのよね。

そこで出会ったモンスターやその他いろいろとの遭遇があったおかげで、私はこのトカゲを見ても驚かなかった。

冷静に敵の攻撃をよける。

シェルジュのそばまで行き、メイドエプロンのポケットに手を突っ込む。

「あーん、いやーん」

「気色悪い声出すんじゃないわよ！　気色悪い！」

「二度も気色悪いと言われて悲しいですわー」

まったくこれっぽっちも悲しんでないのはわかってるわ。

私はシェルジュのエプロンポケット……ストレージから目当てのポーションを探し当てる。

「GRUAAAAAAAAAAAAAAAAA！」

「はいはい、トカゲさんはこれで黙ってなさいって！」

私は魔法ポーションナンバー14を、突撃してくるトカゲめがけてぶん投げる。

ぱりん……と割れると同時に、鈍色の粉末が宙を舞う。

「GI……A……G……」

かちかちかち、とトカゲさんの体が固まっていく。

凍り付くんじゃない、徐々に石化していってるのだ。

「これぞ、石化《メデューサ》ポーション！　文字通りメデューサからゲットした素材で作ったポーションよ。当たるとどんな相手も石化しちゃうのだ！」

「誰に説明してるんですか」

「あ、シスターズいないんだったわ……やだ……ついいつものくせで……恥ずい……」

いかんな、どうにも、奴隷ちゃんズがいるのがあたりまえになってるから、説明が口癖になってるのよねぇ。

「しかしマスター、さすがですね。ドラゴンをワンパンとは」

「はー？　ドラゴン？　トカゲじゃないの？　翼がないんだし」

でっかいトカゲにしか見えなかった。

やれやれ、とシェルジュがため息をつく。

「やはり驚き役とツッコミ役がいないと、疲れますね」

「なによあんた、ロボなんだから疲れないでしょ。てゆーか、くっちゃべってないで、マッピングは終わったの？」

「ええ、おかげさまで」

シェルジュが立ち上がると、目から光線を出す。

空中に投影されたのは、このダンジョンの内部構造だ。

「意外と広いわね」

「目的地はマーキング済みです」

「よーし！　ではそこへ向かってしゅっぱーっ！」

「マスター。ワタシへのご褒美は？」

「ねえよ」

☆

錬金術師セイ・ファートが、フォティヤトゥヤァのダンジョンに潜ってしばらく経《た》ったあと。

セイたちを追いかけるSランク冒険者フィライトも、王都トゥヤァへと到着していた。

「ここが南の島国フォティヤトゥヤァ……ここに聖女さまがいますのね！」

さて、フィライトたちはここまでどうやってきたのか。

港でまず聞き込みを行い、大海を凍らせた船があることを知った。

とある人物が、海を支配する巨大な化け物を倒し、乗員たちを救ったという。

そんなこと白銀の聖女以外に誰ができようか。

フィライト、そして聖騎士ウフコックは一瞬で気づいた。

聖女がこの港から船に乗ったのだと。

彼女たちは聖女の行方を聞き取り、王都へと向かったことを知る。

すぐに追いつきたいフィライトは、魔法飛行船《マナ・シップ》を利用することにした。

魔法飛行船。それはここ数年で作られた、便利な移動手段だ。

魔法で風を起こし空を飛ぶことを可能とする。

天才魔道具師マリク・ウォールナットの開発した、空飛ぶ船である。

だが動力に膨大な魔力結晶（※魔力を内包した鉱石）を必要とするためか、運賃は通常よりも高くなっている。

船よりは速く到着するものの、船より運賃が高いため、一般人はあまり魔法飛行船を使わないのだ。

ちなみにセイが使わなかったのは、単純に知らなかったからだ。

この魔法を動力とした乗り物は、近代になって帝国軍が作り出した新兵器である。

五〇〇年前の人間であるセイはこの便利な乗り物を知らないのであった。

「さぁ！　聖女さまをお探ししますわよ！」

「……ああ。早く会いたい。ぼくの聖女……」

フィライトとウフコックは銀髪の聖女信者なので、ここにいるであろうセイに会いたくて仕方ないらしい。

一方で彼らの仲間、男冒険者のボルスはさほど聖女にのめり込んでいない。

そのため、彼女たちが後先考えず走り出そうとするのを冷静に止める。

「待てっての。ここからどうやって聖女さまを探すんだ？」

「……言われると、確かに手がかりはないな。トゥヤァに向かったのは聞いたけれども」

「だろ？　まずは宿をとってそこを拠点とし、王都の連中に聞き込みをするのが先決だ」

ボルスの提案にウフコックがうなずく。だがフィライトは不満げだ。

「そんなことしているあいだに、また聖女さまがいなくなったらどうするのですの!? あのお方は忙しいのです！ 世界中の不幸な人たちを、一秒でも早く！ 一人でも多く！ 救おうとしているから！」

確かにセイは急いでいる。

だがその理由は、単に自分が欲しい素材を一人占めしたいから……というがめつさ丸出しの理由であった。

信者二名の目には、セイが何をしても、好意的に映るのである。

「落ち着けフィライト。聖女さまがどこにいるかもわからないでどこへ行くつもりだよ？ なあ？」

「わかりますわ！」

「ほー。言ってみ？」

ふふん、とフィライトが胸を張る。

「そんなこともわかりませんの……？」

「…………」

ボルスはグッ、と握った拳を振り下ろした。

まさか恋人にグーパンチ食らわせるわけにはいかなかったが……大分うっとうしかった。

一方でウフコックが得心顔でうなずいて言う。

「……そうか！　聖女さまはきっと、困っている人のもとにいる！」

「正解ですわウフコック！　聖女さまのこれまでの行動を分析するに、あのお方は困っている人を助けるのを目的としている！」

否、していない。

「ならば必然的に、困っている人や現場があれば、そこに聖女さまは必ずいるはずですわ！」

「……天才！　フィライト、天才！」

「ふふ、でしょう？」

ついていけない……とボルスが頭痛をこらえるようなポーズをとる。

さて、困っている人や現場を探すことにしたフィライトたちだが……。

存外、それは早く見つかった。

「お願いなのです！　中に入れてほしいのです……！　おねえちゃんが中に、いるのですー！」

王都中央に妙なほこらがあった。

地下へと続く入り口の付近に、四人の美少女たちがいたのである。よく見ると三人は奴隷の首輪をつけている。

「なんだぁありゃ？」

「……見たところダンジョンの入り口のようだな。それに、少女たち」

奴隷少女たちは切羽詰まっているのがわかった。

もうそれだけで、フィライトはすべてを理解した。

トラブル発生だ、聖女が近いぞ……と。

「お困りですのっ？」

フィライトが奴隷少女たちに近づく。

ラビ族の少女、火竜人らしき長身の美女、エルフの美少女。

奴隷少女たちはみな比類なき美しさである。

ボルスは思う。

「（こんなべっぴんな奴隷……普通じゃ買えねえ。高すぎるはずだ。それも三人なんて……相当な金持ちの奴隷だぜこりゃ）」

しかし、待てよとボルスは思い直す。

「（確か聖女さまの連れてる奴隷も三人だって話だが……）」

もう一人青い髪の少女がいるが、彼女は奴隷の首輪をしていない。

そうなると、条件がそろってくる。

「どうかしたのですの？」

「……あなたたちは？」

エルフの奴隷少女がこちらにいぶかしげな視線を向けてくる。

突然話しかけられたのだ、警戒されるのも当然だろう。

フィライトはにこりと微笑むと優雅に一礼する。

「はじめまして、わたくしSランク冒険者の一人フィライト・ストレンジアと申しますわ♡」

「……！　Sランク冒険者！　国内でも数えるほどしかいないというあの！」

エルフの少女が目を輝かせる。

そして頭を下げてきた。

「……お願いします！　ダンジョンの中に入っていったわたしたちのご主人さまを、助けてください！」

エルフ少女からの頼みに対して……。

「もちろんですわ！」

フィライトは躊躇なくうなずき、依頼を受ける。

理由や道理など蹴っ飛ばして、フィライトはただ、困っている人のもとへかけつけるのだ。

さて依頼を受けたフィライトであったが……。

「中に入られては困ります！」

浅黒い肌のエルフ……砂漠エルフの男が前に出てくる。

「どうしてですの？　ダンジョンの中にこの子らのご主人さまが入っていって、戻っていないのでしょう？」

「ああ。もうかなり時間が経つ……」

「ならなおのこと。奥地に行って戻ってこれていない可能性もありますわ。だから、そこをお退《ど》きなさい」

だが砂漠エルフは頑として道を譲ろうとしない。

「強行突破させてもらいますわ！」

「やってみるがいい！」

フィライトがレイピアを構え、砂漠エルフは曲刀を構える。

にらみあいからの……一閃《いっせん》。

がきぃん！

気づけば二人は交互に立ち位置を変えていた。

「は、はええ……あの男、結構やるぞ……」

「ふっ、当然だ。私は宮廷で剣術をならい、Sランクに匹敵するというお墨付きをもらったのだからな」

「宮廷……？　まさかと思うがあんた王族……」

だとしたら大変だ。

フィライトは王族に手を上げたことになる。

極刑は避けられないだろう。

だがフィライトは気にした様子もなく、がんがんと攻める。

「やりますわね！　名前を聞いておきましょうか」

「ブロッケスだ。お嬢さんは？」

「わたくしはフィライト」

「ふ……」

「ふ……」

「「うぉおおおおおおおおおお！」」

フィライトとブロッケスが激突する。

激しく打ち合い、どちらも一歩も譲らない。

つまり、ブロッケスは彼女と同等の力を持つということになる……。

セイはブロッケスを、国内の問題を自分でどうにかせず、他人に頼るしかできない軟弱男だと、勘違いしていた。

しかし実態は、Sランクであるフィライトと同レベルの強さを持っていた青年だったのである。

もちろん、セイはそのことに気づいていなかったのだった。

☆

数分後。

「「わっはっは！」」

二人は肩を組んで笑い合っていた。

さっきまではバチバチとバトルの火花を散らしていた二人が、なぜ……？

「そうか、聖女さまを追ってきたのですな！」

「ええ、聖女さまに会いたい一心で！」

……そう、二人に共通する話題が一つだけあった。

白銀の聖女。

二人は戦いのさなか、どちらもセイを好ましく思っていることを知る。

そして、戦いをやめたのだ。

「聖女さまなら、無為な争いはおやめなさいとおっしゃったでしょうしね」

「まったくだ！」

はぁ……とあきれたようにボルスがため息をつく。

ここにも聖女バカが一人……と（聖女に対するディスではない）。

ブロッケスは簡単に、ここに至るまでの経緯を話す。

ぼろぼろ……とフィライトが涙を流しながらうなずいた。

「ダンジョンにメイド一人連れて入っていったなんて……！」

「王都民たちを助けるためにです！　なんて素晴らしいお人でしょう！」

「まったくですわ！　白銀の聖女さまこそ、真の聖女ですわ！」

真の聖女とフィライトは言う。

天導教会に所属する聖女たちは、聖なる女という名前とは裏腹に強欲だ。

自分たちの教会に所属しない者に対しては一切の慈悲をかけない。

また、治療には高額の金と、入信を要求してくる……。

だが、セイは違う。

「フィライト殿のおっしゃる通り！　無償で人を助けていくその姿！　あれぞまさに、真の聖女さま……！」

「そのとおりですわ！　彼女こそが、真の聖女！」

ボルスは「真の聖女って連呼しすぎだろうるせえ……」と悪態をついた。

「んで、フィライトよ。これからどーすんだ？」

「決まってるでしょう！　追いかけて、聖女さまの人助けを、お助けするのです！」

「しかしよぉ、追いかけてくんなって厳命してたんだろ？」

先ほどダフネからお姉ちゃんを助けてと頼まれた。

ブロッケスたちからの話を総合するに、セイはダンジョンにより被害を受けてる王都民たちのため、お供を連れて地下へと潜ったらしい。

だが入る途中でダフネたちは眠らされ、気づけば外にいたという。

「きっと主殿は、我らが怪我しないようにとお一人で……くっ！」

「うわわぁん！　おねえーちゃーん！」

「……セイさま」

賢いエルフのゼニスすらも、セイがダンジョンに一人で（※ロボもいる）潜ったことが気が気でなくなっていた。

だから、彼女たちの頭からはすっかり抜け落ちていたのだ。

セイがどうして、このダンジョンに潜ったのか……と。

己の物欲を満たすためだけに入っていったのだと……。

「このか弱き少女たちの涙を見ても、まだそんなことが言えますの!?」

フィライトには確かに聖女に会いたいという強い思いがある。

だがそれ以上に強い正義感があった。

悲しんでいる子供たちを、ほっとけないという。

ボルスはそんな恋人のまっすぐな性格を熟知している。

「ったく、わかったよ」

「よし！　ということで、ここを通らせてもらいたいですわ！」

ブロッケス王子はフィライトを見て、うなずく。

「わかりました」

「いや、王子さんよ。いいのかい？　聖女さまにここに人を決して入れるなって言われたんじゃなかったのか？」

できれば恋人の暴走を止めたかったので、そういう聞き方をするボルス。

だがブロッケスはこう答える。

「聖女さまはこうおっしゃりたかったのです。危険だから一般人は入れぬようにと。……裏を返せば、フィライト殿ほどの手練《てだ》れならば、一般人とは言いがたいです。ならば通しても問題ないかと！」

「ええー……いいんかい……」

あきれるボルスとは裏腹に、フィライトはやる気十分。

「行きますわよ！」

「……ぼくも行こう」

「だふねも！」「拙者も！」「……わたしも行きます」「……！」

結局、奴隷プラス冒険者たちが、セイを追うことにしたのだった。

どう見ても奴隷たちは弱そうに見えるし、なんだったらセイが危ないからと連れ出した連中だったが、セイに会いたい！　という思いに共感したフィライトがついていきましょうと提案したのである。

なんともうかつな……とボルスはぶつくさ言いつつも、結局は惚れた弱みで、彼女の暴走を止められなかったのである。

「ではみんなで、聖女さまを追いかけましょう！」

「「「おー！」」」

「……おれたち要らねえ気がばりばりすんだけどなぁ」

かくして、セイを追いかける部隊……聖女さまを追跡し隊が出発したわけだが……。

「なんだ、このばかでけえゴーレムは……？」

階段を下っていった先には、超巨大なゴーレム。その残骸が落ちていたのである。

知識のあるゼニスがそれを見て驚く。

「……すごい。これは、オリハルコン・ゴーレム。全身がオリハルコンでできた、ＳＳランクのモンスターです！」

そんなすごいゴーレムが、残骸となってうち捨てられてた。

こんなこと、誰ができるというのか？

「聖女さまですわ！」「絶対そうなのです！」「主殿以外に、考えられないでござる！！！」

追跡し隊のメンバーたちはほぼ全員がセイ信者。

なにかありえない事態が起きたとき、それは全部、セイのおかげだと思うのである。

「ＳＳランクを倒すだなんて……すごいですわ！」

「ああ、そうかいそうかい。ＳＳを倒せるほどすげえ聖女さまなら、おれらの出番はないな。じゃ、帰ろうぜ？」

女だらけでこんな危険な場所になんて、一刻もいたくないボルスは引き上げようとするも、

しかし……。

「いや！　魔神とやらがいるのでしょう？　そのとき戦力が足りなくて困っていたらどうするのですの？　助けねばなりませんわ！」

「フィライトおねえちゃんの言う通りなのです！」「主殿ぉ！　我らが微力ながらお力をお貸ししますぞ！」「……セイさまのためなら、この命を犠牲にしてでも……」

ああ、駄目だ……とボルスは疲れたようにつぶやく。

「こいつら全員、聖女教の信者だこりゃ……」

「ああ！　見てくださいまし！　ドラゴンが石化しておりますわ！」「きっと主殿が！」「おねえちゃんすっごーい！」

……もはや何のために自分たちがいるのか、わからなくなるボルスであった。

☆

私ことセイ・ファートは南の島国、フォティヤトゥヤァへとやってきている。

王都に出現した大迷宮の踏破が私の目的……ではない。

「柔らかい石、柔らかい石〜」

探し求める物の名前を呼びながら、私はダンジョンを歩いていく。

火山の中みたいにくそ暑いけど、冷却《クール》ポーションがあるから問題なーい。

「マスター。そもそも柔らかい石とはなんなのですか？」

「超神水って特別な水を作るために必須のアイテムよ」

「ちょうしんすい……？　なんですかそれ？」

あら？　この子知らないのね。

まあ錬金術で作られた存在であっても錬金術について深く知ってるわけじゃないのか。

しかし素直に教えを請うてるシェルジュが地味に珍しいわ。

ちょっとからかいたくなる。

「教えてほしい？　お願いしますご主人さまって言いなさい」

「あ、では結構です」

「ど、どらい〜……わかった教えるからついてらっしゃい」

ぼがん！

「超神水っていうのは、魔力水のワンランク上の溶媒よ。特級と呼ばれるポーションを作る元となるわ」

「特級ポーション？」

「上級ポーションを上回る効果を持つ魔法薬ね」

「なるほど、ものすげーいいポーションを作るために、必要なアイテムが超神水で、それを作るために柔らかい石が必要、と」

どがん！

「そうそう。柔らかい石を魔力水に長時間つけておくの。それだけで超神水完成」

「特級ポーションとは具体的にどのような効果を発揮するのですか？」

「たとえば、永続的な浄化が一番有名かしらね。それと不老不死、これは一番難しいわね。あとは清らかな水を半永久に生み出すポーションとか」

「まさに神の奇跡を体現するようなポーションなのですね」

どーん！　ぼがーん！　ぐっしゃーーーーーーーーーーーーん！

……さて。

さっきから何が起きてるのか？

答えは単純。迷宮の壁を壊しているのだ。

といっても、パンチやキックなどをしてるわけじゃない。

私はただ、シェルジュが示した方角に向かって進んでいるだけだ。

そう、歩いているだけ。それだけ。

「次どっち？」

シェルジュが指さしたのは、完全に壁。

私はそのまま進んでいくと……。

どがぁん！　と壁がぶっ壊れる。

「いつ見ても、マスターの強化ポーションは異常ですね」

飲めば一時的に力を向上させる、強化ポーション。

誰でも作れる下級ポーションの一つだ。

「迷宮の壁すら破壊するなんて、すさまじいですね」

「そう？　師匠なら強化しなくても素手でぶっ壊せるわよ」

「比較対象がぶっ壊れてます」

うまいこと言うじゃないのよ。

「次は？」

「そこに落とし穴があります」

「ふんふん」

「落ちた先に針山があります」

「なるほどなるほど」

「落ちてください。以上」

「死ねと？」

「死なないでしょう？」

そりゃそっか。

シェルジュが指さす先に、私はひょいっとジャンプ。

かちりという音とともに、穴が開く。

「わー」

トラップ情報をシェルジュが全部教えてくれるのでそんなに怖くない。

てゆーか、結構落ちるな……。

やがて針山が見えてくる。

先端が私の体に突き刺さろうとして……。

ばきぃ！

針が砕け散る。私はそのまま問題なく落下。

「あー……よいしょっと」

結構な高さから落ちたけど、私の体はノーダメージ！

さすが強化ポーション。

「さすがマスターですね」

ぼぼぼ……と足からジェットを噴射しながら、シェルジュがゆっくりと降下してくる……のだけど。

「シェルジュさんや」

「なんですかマスター？」

「それができるなら私をお姫さま抱っこして、ホバリングして降りてこれたのでは？」

「可能でした」

「じゃなんでそうしないのよ？」

するとシェルジュがそっぽを向いて小さくつぶやく。

「照れてしまいます」

まったくの無表情でそんなことを言う。

これが奴隷ちゃんズだったら、まーかーわいーってなるけど。

無機質ロボメイドだとね。

「はいはい。馬鹿言ってないで先進むわよー」

「……マスターのいけず。以上」

んあ？　なんか言ったかしらロボメイド。

ま、気のせいね。

☆

フォティヤトゥヤァのダンジョンを攻略している私、とお供のシェルジュ。

落とし穴を抜けていくと、そこには今までとは一風変わった場所があった。

「なんか火山の中っぽくないわね」

「地下墳墓のような構造ですね、以上」

砂を固めたレンガがいくつも積み重なって、この部屋を構成している。

そして……出口を妙な置物が塞いでいた。

やたらとでかいそのオブジェは……。

「なにあれ？　猫？」

「人の顔をしているので、人面猫かと」

『痴れ者《しれもの》どもがあああああああ！』

「『しゃ、しゃべったぁあああああ」

人面猫の置物が私たちに向かって声を荒らげる。

「え、なにこれしゃべるの？　きしょ……」

「マスター、ストレートすぎます。生理的に無理と表現した方がいいです」

『どっちも同じだわこの愚者どもが！』

猫はじろりと私たちをにらみつけてくる。

『我はスフィンクス！　この偉大なる迷宮を守護する、知恵の門番！』

「ほー、スフィンクス。門番ってことは、そこの奥にお宝が眠ってるのね！」

『貴様の言う通り……だがここをただで通すわけにはいかない。我の出す試練を……』

「てーい」

私は爆裂ポーションを放り投げる。

ドガァアアアアアアアアアアアアアアアアアアアアアン！

「やったか！」

「なにそれ？」

「お約束です」

「わけわからん……」

もわもわ……と爆煙が晴れると、そこには無傷のスフィンクスがいた。

「あれま、爆裂ポーションでも効かないなんて」

「どうやら魔法無効障壁が展開してるようです」

「ふーん、だから魔法ポーションが効かなかったのね」

めんどっち～。

『貴様！　我の話してる途中ではないか！』

「え、バトルの流れじゃないの？」

『違う！　我は知恵の門番だと言ったであろう？　ならば競う手段はただ一つ！　そう……』

「シェルジュ、狙撃」

「了解」

ストレージから魔法機関銃《マナ・マシンガン》を取り出して、シェルジュがスフィンクスにぶっ放す。

ズガガガガガガガガガガガガガガガガガガガ！！！！！

「マスター、お約束を。以上」

「え、なんだっけ……ああ、やったか？」

『貴様らぁあああああああああああああああああああああああ！』

銃弾の雨あられを受けても、スフィンクスは無事だった。

あらまあ……。

「どうやら物理無効障壁も展開できるようです」

「魔法に物理も無効化だなんて、なかなか厄介な敵ねー」

突破するのに時間がかかりそうだわ。はーやだやだ。

面倒なのは嫌いなのよね。

『貴様ら一旦、我の話を聞け！』

「えー。しょうがないなぁ。聞いてあげるから話してごらんなさい」

『なんと偉そう……まあよい。この知恵の門番を越えていきたければ、我と知恵比べをして勝たねばならぬ！』

「知恵比べ～？」

なんだそりゃ？

計算バトルでもするのかしら？

「こっちにはハイスペックな演算機能搭載のロボメイドがいるから、知恵比べじゃ負ける気しないわよ」

「マスター。やめてください」

「あら、気に障った？」

「そうじゃなくて、照れます。以上」

「またそれ？　感情表現機能なんて搭載してなかったでしょ？」

シェルジュが無言で私に銃弾を撃ってきた。

なんでや。

まあ当たっても強化ポーションで無敵モードな私には効かないんだけども。

『知恵比べというのは、我の出す【なぞなぞ】に答えるというものだ』

「なぞなぞって……子供とかがやるやつ？　パンはパンでも食べられないパンは的な？」

『その通り！　もっとも、我の出すなぞなぞは、児戯とは違って本格的ななぞなぞだ！　答えを間違えたら死が待っているだろう！』

「ふーん、ま、いいや。さっさと出してよ」

今は一刻も早く柔らかい石をゲットしたくてしょうがない気分なんだから。

『では問題！【朝は四本足、昼は二本足、夜は三本足の生き物はなーんだ！】』

「ふーん。シェルジュ、答えは？」

ハイスペック演算機の出番だ。

シェルジュが目を閉じて、やがて目を開ける。

「現世界のあらゆる書物を検索完了。当該設問に対する答えは……存在しません」

「ねー！　いるわけないわよね、そんなきもい生き物！」

「少なくともこの世に存在する生物ではありません。以上」

『ふっ……不正解！』

ぬぁにぃ～？

不正解だとぉ～？

『これはなぞなぞだ。実際の生物の話ではなく、設問に適する……』

「うるせー！　いねえっつってんだろ！　食らえ！」

私はポーション瓶を放り投げる。

スフィンクスの頭にぶつかり、ぱりんと割れて中身がこぼれる。

『ふっ……無駄なあがきを。我の障壁は絶対に壊れ……』

「シェルジュ、撃て」

「YES、マム」

魔法機関銃で、スフィンクスの体を撃ち抜く。

ズガガガガガガガガガガガガガガガガ！！！！

銃弾は何にも阻まれることなく、敵の体を穴だらけにする。

『ふげえええええええええええええ！』

『ば、ばかな⁉　物理無効障壁が発動しない⁉　どうして⁉』

「簡単よ。あんたの障壁が、どっちか一方しか作用しないからよ」

やつは魔法無効障壁と、物理無効障壁を使える。

が、使えるだけであって、ダブルで使用できるわけじゃない。

「つまり魔法を無効化してるときは、物理を無効にできない。私がぶん投げたのは溶解液。ポーションを作るときに使う魔法薬の元。これにも物を溶かすという魔法が付与されている。となると？」

「マスターの魔法を無効にしてる間は、ワタシの物理攻撃が無効化できない」

「というわけよ」

「なるほど、さすがマスター。ずる賢いです」

「余計なものつけんな。賢いでしょ？」

穴だらけで倒れ伏すスフィンクスを見下ろす私たち。

物理無効障壁も魔法無効障壁も展開できないみたいね。

これだけ体中穴だらけになっちゃ。

『知恵比べだと言ったのに！　ルールを守らない蛮族どもがぁ！』

「ま、失礼しちゃうわね。あ、そうだ。じゃあ知恵比べってことで、私もなぞなぞ出してやるわ。答えたら修復してあげる」

『ふん！　バカが。知恵比べで我が負けるわけないだろう！』

「あ、そ。じゃ問題ね」

私はスフィンクスになぞなぞを出す。

「問題。【斬っても殺しても、罪には問われないもの、なーんだ】」

『ふははは！　そんなの簡単だ！　答えは【息】！』

「ぶー。不正解でーす。正解は……シェルジュ」

ロボメイドがストレージから、魔法電鋸《マジック・チェーンソー》を取り出す。

ヴイィイイイイイイイイイイイイイイン！

「正解は、【マスターの行く道を阻む邪魔者】」

『なぞなぞじゃねええええええええええええええええええええええええええええええええええええ！！！！』

シェルジュが魔法電鋸で、スフィンクスを滅多斬りにする。

「とどめじゃ！」

私は爆裂ポーションをぶん投げる。

ちゅどおおぉおおおおおおおおおおおおおおおん！

「「大勝利！」」

さ、邪魔者は木っ端みじんにしたので、さっさと先へ進むわよ！

☆

スフィンクスとの知恵比べ（物理）に勝利した私。

道を塞いでいた邪魔者を排除したあと、その向こうに続いていた通路を進んでいく。

「門番がいるってことは！　お宝が眠ってるってことよねー！」

「ろーぷれではまあセオリーですね」

時たまこのポンコツロボ、妙なセリフを言うのよねえ。

まあ何はともあれ、門番がいるってことは、それだけ重要な物が眠っているってこと！

それすなわち！

柔らかい石があるってことじゃなーい！

うきうきるんるんで進んでいったその先には……。

「…………」

「わぁお、まるで宝石箱の中のようやー、以上」

割と広めの部屋の中には……。

きらきらしたものがあちこち置かれていた。

まず目立つのが、砂金で作られた山だ。

それがいくつも放置してある。

次に目につくのが、剣や錫杖《しゃくじょう》などの武器。

そして宝石がちりばめられたネックレス。

「マスター、よかったですね。宝の山です」

「…………」

「マスター？」

「宝の……山？　これが……宝、ですって……？」

はは。

ふふ……。

「ふ」

「ふ？」

「ふざっけるなぁああ！！！！」

私は思わずそう叫んでしまった！

いやもうなーーーーんなのこれ！

「ふざけるな？」

「そーでしょ！　なーによこの……！」

びしっ、と私はそれらを指さして言う。

「ガラクタの山はぁああああああああああああああああ！」

もう、ひっどい！

門番とかいるから、てっきりお宝が眠ってるかもーって思ったのに！

蓋を開けてみれば金だの銀だのダイヤモンドなどと！

「こんなん私、自分で錬成できるわボケぇええええええええええ！」

「草。マスターは確かに、錬金術で金も楽勝に作れますし、ダイヤも炭素から簡単に作れますものね」

「そうなのよ！　どれもこれも、私がぱぱーっとちゃちゃーっと作れちゃうもの、ガラクタばっかりなのよ！」

「どれも一般人は普通、作れませんがね」

「私は一般人じゃなくて、れん！　きん！　じゅつ！　し！」

ああもう！　期待して損しちゃった！

なーにが金銀財宝よ！　こんなの全部作れる私からすれば、小石に等しいわ！　がってむ！

「マスターが言うお宝とは何なのですか？」

「そりゃ柔らかい石でしょー、不死鳥の尾羽でしょー、あと世界樹のしずくとか」

「全部錬金術のレア素材ですね」

「あったりまえでしょ、私の力じゃ作れないもの。それが錬金術師《わたし》にとってはお宝なの。あとは私が作れないような魔道具かしらねー」

はーあ、なーんか拍子抜け。

私とシェルジュはその辺を歩いて回る。

「金や銀、宝石はどーでもいいから、魔道具探して」

「路銀になるので回収しても良いですか？」

「だめ。そんなのより珍しい魔道具！　優先！」

はいはい、とため息をつくロボメイドとともに、私は宝の山（笑）を探す。

けれどめぼしい素材も魔道具も見当たりやしない。

なくはないんだけど、どれも自分で作れるのよねぇ。

「こりゃだめね。はずれだわ」

「この目がくらむような財宝の山を見て、はずれと言うのマスターだけだと思います」

「馬鹿にしてるの？」

「いえ、そんな、とんでもない」

「ほんとは馬鹿にしてるんでしょ？」

「そんな、まさか、ありえません」

「シェルジュ。命令。ほんとのこと言って」

「馬鹿ですね、以上」

このロボはあとでスクラップにしておこう（使命感）。

「ん？　これは……」

私はガラクタの山の中から、それを見つけ出す。

シェルジュが近づいてきて、小首をかしげる。

「なんですか、そのガラクタ。ただの……さびた鉄の塊？」

「ふ、ふははは！　フーーーーはっはっはっは！」

「マスターが壊れた。あ、いつも通りですね．以上」

ごいん！

「痛いじゃないのよ！」

「ロボの頭を手ではたくからだと。以上」

「うっさい。それより見て！　これ！　ちょ～～～～～～レアな鉱石よ！」

やったねラッキー！　今夜はステーキだ！

さっき私が見つけて、シェルジュがさびた塊とか抜かしたそれは……超レアアイテムなのだ！

「どう見てもさびた塊なのですが？」

「ばっかあんた、これは【飛翔石《ひしょうせき》】じゃないのよ」

「ひしょうせき？　ひこうせきではなく？」

「飛翔よ飛翔。世にも珍しい、飛行能力を持ち主に与える特別な鉱石！」

「そんな大層なアイテムがあったのですね。一見するとガラクタなのですが、以上」

「あんたの目は節穴なの？　見ればわかるじゃないのこれ！」

わからん、とばかりにロボが首をかしげているわ。

まあロボじゃわからないわよね。錬金術師だからこそわかるものってあるし。

「しかしマスター、こんなさびさびで使えるのですか」

「うーん、確かにこのままじゃ使えないかも。表面に刻まれてる天然の術式が、さびててうまく魔力を伝導してないし」

「では、このままスクラップですか？」

「まっさかー。そこは私の錬金術さんの出番ですよっと」

私は飛翔石の表面に手を置いて、錬金魔法を使う。

錬金、つまり物質を原子レベルで分解して、並び替えて、別の物質へと変える技。

さびの部分だけを錬金できれいに分解して、取り払っていけば……。

「ほいかんせーい！　飛翔石げーーーーーっと！　わっはっはー！　こんなレアアイテムが手に入るんだから、ガラクタの山に来たかいがあったってもんよー！」

「ガラクタねえ……以上」

ふっふーん、さてレアなアイテムは手に入ったし～？

「じゃ、本命のお宝！　柔らかい石を探しにれっつらごーよ！」

「このマスターのリアクション見たら、スフィンクスは草葉の陰で泣いてるでしょうね。以上」

☆

セイのあとを追いかける、Sランク冒険者フィライト一行。

冒険者パーティに加えて奴隷たち、そしてブロッケス王子とかなりの大所帯だった。

しかし……。

「せやぁ！！！！」

「……ハァ！！！」

「ぬぅうん！！！！」

出てくるモンスターを、剣士フィライト、聖騎士ウフコック、そして奴隷の火竜人トーカが次々と葬っていく。

「わぁ！　すごいのですすごいのですー！」

モンスターを倒すフィライトたちを、ダフネがそう評する。

ぴょんぴょん、と飛び跳ねるダフネを見て水精霊のスィもぴょんぴょん飛び跳ねる。

「……しかしスィの支援魔法はすごいですね」

「うむ！　体がとっても軽いのでござる！」

「すぃちゃん、すごい！」

「…………」んふー。

このメンツで迷宮に入ろうとしたとき、スィが提案したのだ。

みんなを守る力を付与したいと。

「すぃちゃん、おねえちゃんのポーションを飲んで、支援魔法を覚えたらしいのです！」

「そういえば拙者も、セイ殿のポーションを飲んで進化したでござる！」

「……なるほど、人外種だとセイさまの力を受けて存在が進化する。スィもまた人間ではないので、新たな技を覚えたのでしょう」

「つまりおねえちゃんもすぃちゃんもすごいってことなのです！」

というわけで支援を覚えたスィのおかげで、サクサクと迷宮を進んでいけるようになったフィライト一行。

「……こっちだ。こっちから聖女さまのにおいがする」

聖騎士ウフコックが真面目な顔で、分かれ道を指さす。

ボルスが感心しながらも、首をかしげる。

「しかしよぉ、聖騎士ってのはみんなその、聖女の魔力を嗅ぎ取る力があるのかぁ？」

「……大なり小なり、聖女さまの力を感じる能力はあるな。ぼくの場合は、敬愛する聖女さまのにおいをより強く感知する能力があるわけだ」

「聖騎士っつーか、猟犬だなぁそりゃあ」

あきれつつもウフコックがいることで、セイを追跡できているのは事実。

すごい能力ではあった。

「しっかしよぉ……聖女さまってのは、その、あれだな。なかなか豪快なやつなんだなぁ」

ボルスが見やるのは、破壊された迷宮の壁だ。

彼女を追跡しているのだが、どうにも、壁をぶっ壊してまっすぐに向かっているようなのである。

「まったく、ボルス。あなたは全然聖女さまのお考えを理解できていないようですわね」

「はぁ？　お考えだぁ？」

恋人のフィライトがふふん、と得意げに鼻を鳴らす。

「いいですの？　聖女さまがまっすぐ進んでいるのはなぜか？　そんなの、寄り道など一切せず、一刻も早くダンジョンをクリアし、国を救うタメに決まっていますわ！」

「「おお！　なるほどおぉ！」」

実際にはダンジョンクリアそっちのけで、柔らかい石ゲットという寄り道の真っ最中なのだが……。

聖女信者であるフィライトの目には、セイの行動がすべて都合よく改変されるのである。

そしてセイのことを尊敬している奴隷たちはもちろん、王子すらも聖女の行動に対して何ら疑問を抱かないのである。

「セイ殿は我々の国をお救いになるために……くぅぅ！　やはりセイ殿は素晴らしい女性……女神！　神！」

「はいはい……それよりウフコックよぉ、まじでこの穴に落ちてったのか？」

ボルスが指さすそれは、どう見ても落とし穴だ。

「……ああ、においがこの下に消えている」

「つってもよぉ、こりゃ下まで相当距離あるぜ？　女子供が落ちたらひとたまりも……」

そこで、奴隷たちはポケットから強化ポーションを取り出す。

何かあったらいけないと、常に奴隷たちにセイが持たせていたのだ。

んぐんぐ、と飲む。

「嬢ちゃんたち、なんだそりゃ？」

「……セイさまからいただいた強化ポーションです」

「これがあれば無限のパワーを得られるのでござる！　とう！」

トーカがそのまま落下していく。

「おい！　嬢ちゃん！　って、おい！」

ダフネ、ゼニス、そしてスィがそのあとに続く。

ボルスは青い顔をして下を見やる。

「おおおい！　大丈夫なのかー！」

「だいじょうぶなのですー！」

返事が来てほっと一安心。

だが結構な距離を落ちて無事だとは……。

「聖女さんの薬ってーのは、そうとうやべえ薬みてえだな……っておい！　フィライト！　ウフコック！　どこへ!?」

二人もまた穴に飛び込む。

奴隷たちと違ってまっすぐではなく、壁を蹴りながら降りていく。

がしがし、とボルスが頭を掻く。

「王子さんよ、おれらはロープ使って降りるぜ？」

「う、うむ……わたしたちはあのような、常人離れした動きはできないからな……」

そしてロープを降りながら、ブロッケス王子が感心したようにつぶやく。

「しかし本職の冒険者さんたちはすごいですな。難易度の高い迷宮をこうも余裕で突破するとは」

「いやぁ、あの精霊の嬢ちゃんのおかげってのも大きい。本来ならここで出てくるモンスターたちはよぉ、みんなS。つまりめっちゃつえぇんだ」

ボルスはここまでの道のりを思い出す。

階段下に構えていたゴーレム、そして迷宮内をうろつく火竜たち。

それらは余裕でSランク程度の力を持っていた。

本来ならこんな少人数、しかも女子供だけの素人集団で突破できる迷宮ではないのだ。

それでも無傷で進んでこれたのは……。

「聖女さんがある程度、障害を取り除いてくれたことと、あとはあの精霊の嬢ちゃんの支援のおかげだなあ」

「支援は聖女さまのおかげと言っていたから、やはり全部聖女さまのおかげということですね！　すごい！」

「信者増えすぎだろぉよぉ……」

ほどなくして穴の先に到着。

広いホールへと到着したのだが……。

「いかにもって雰囲気なのに、なんもねえな。こういうところにゃ、門番的なやつがいると思うんだがなよぉ」

「そんなの決まってます！　セイさまが倒したのでしょう！」

確かに地面が焦げていた。

なんらかの戦闘が行われたのは事実。

「まじで万能だなぁ、聖女さんはよぉ」

「見てくださいまし！　奥へ続く道がありますわ！」

フィライトがそう言うと、奴隷たちがそのあとへと続く。

通路を抜けた先には……。

「「おおおーーーーー！」」

金銀財宝の山を前に、奴隷たちは目を輝かせる。

「すっごいのですー！　こんなにお宝がいっぱい！」

「ものすごい量の金でござるなぁ！　持って帰れば億万長者でござる！」

だがエルフ奴隷のゼニスが首をかしげた。

「……セイさまはどうして、ここに来ても、財宝をそのまま置いていったのでしょうか」

「言われてみれば……妙でござるな。これだけあれば一生遊んで暮らせるのに」

ふふ、とフィライトが笑う。

「奴隷の皆さまも、まだまだのようですわね」

「「「どういうこと……？」」」

「わたくしにはわかりますの、聖女さまのお考えが……わたくしだけには！」

ばっ、と両手を広げるフィライト。

「こんな財宝なんかよりも、人命を優先させたのですわ！」

「「「そ、そうか！」」」

財宝にも目もくれず、人を助けるため先を急いだ……と。

そういう解釈をしたようだ。

まあ事実は金銀財宝が全部自分で作れるゴミだと言って放置しただけなのだが……。

「先を急ぎますわよ！」

「はぁ？　ちょっと待てよフィライト。さすがにこの財宝を全部置いてくのはもったいなさすぎんだろ？」

「何を悠長なことを！　ここでもたついてる間に、聖女さまはどんどんと先に……」

と、そのときだった。

がしゃーん！

「！　入り口が閉まった!?」

!?　見ろ！　上から砂金が……！」

ボルスとウフコックがそう言う。

入り口が完全に封鎖され、天上からは大量の砂金が落ちてきたのだ。

「ちくしょう！　トラップだったか！」

「さすがセイさま！　トラップにも気づいていらしたのですね！　だから長居しなかった……！」

「馬鹿言ってねえで出口を探すぞ！」

だがいくら手分けして探しても、抜け道らしい抜け道は見つからない。

ウフコックはさっきから壁の破壊を試みているが、びくともしない。

万事休す。

「もうだめなのですぅ～」

と、そのときだった。

ドッガァアアアアアアアアアアアアアアアアアアアアアアアアアアアアン！

「迷宮の分厚い壁が破壊された!?」

「こんなのできるのは……まさか、聖女さま!?」

煙の向こうから、ぬぅ……とそいつが現れる。

「ふむ？　なんじゃ？　ここから懐かしい魔力を感じたのじゃが……ふぅむ、一足遅かったようじゃのぉ」

背の高い女だった。

若く、美しく、そして……抜群のプロポーション。

そして目を引くのは、極彩色の長い髪の毛だ。

暗い迷宮の中に、そのぴかぴかと輝く髪はとても目立った。

「あ、あんた……何もんだぁ？」

ボルスがそう尋ねるも、その極彩色の女はスルーする。

「あなたは、何者ですの？」

「おお、わしか？」

男の言葉は無視したくせに、女であるフィライトの言葉を聞いて返す。

「わしはフラメル。ニコラス・フラメルと申す者じゃ」

☆

セイを追いかけるフィライトたち、聖女追跡し隊のメンバー。

宝物殿で閉じ込められ、砂金によって窒息させられそうになったそのとき。

七色の髪を持つ美女が現れ、彼らを救うと、自らをニコラス・フラメルと名乗ったのだった。

「……ニコラス・フラメルって。セイさまの、お師匠さまですか？」

エルフ奴隷ゼニスがそう訊《たず》ねる。

フラメルはニコッと笑うと、しゃがみ込んでこう言った。

「麗しいお嬢さん。わしのハーレムメンバーにならぬかの？」

「………………………………………………………………は？」

突然のことに戸惑うゼニス。

それはこの場に集まった全員がそう思ってるようだ。

セイの師匠、フラメルは微笑みながら言う。

「わしはおぬしのような美しく、儚《はかな》い少女が好きでのぉう♡」

「……は？　え、は……？」

わけもわからず混乱するゼニス。

「あのあの、えと……おししょーさま？」

「おお！　これまたドストライクなきゃわいい女子が！」

ダフネの手を握って、フラメルが言う。

「わしのもとへ来ないか？　ん？　何不自由ない暮らしを保障するぞ♡」

「ダ、ダフネ……！　やばい人でござる！」

火竜人奴隷のトーカが、ダフネをかばうようにして前に立つ。

「なんじゃ、おぬしもなかなか美人じゃが……ちと大きすぎるな。やはり、女は小さい方が良い。特に一二歳未満の女子がストライクじゃな」

「「へ、変態だ……！　大変な変態だ……！」」

まさかの人物像に戸惑うしかない面々。

「……まさか天下のニコラス・フラメルさまが、女好きの変態ロリコンだなんて」

「何を言うお嬢さん！　わしは変態ではない！　変態という名の紳士じゃ！」

「……理解不能です」

距離を置く奴隷たち。大人組もいきなり現れた変人に対して警戒心を強めていた。

ボルスはフィライトに目配《めくば》せをする。

気を引いてる間に、脱出させようという作戦らしい。

行きずりの関係とはいえ、自分たちは大人で、子供を守る義務があると彼らは考えるのだ。

「おねえさんよぉ、助けてくれたのはありがてえんだが……あんた、何もんなんだ？」

ボルスは懐に手を突っ込み、銃を握る。

だが……。

「ふむ……む！　これは……セイ！　我が愛しの弟子の魔力！」

「!?」

ボルスは驚愕《きょうがく》する。

今の今まで、ボルスの目の前にフラメルがいたはず。

だが、気づけば彼女は目の前から消えていた。

部屋からこっそり脱出しようとした奴隷たちの前にいつの間にか現れ、顔を近づける。

「わしにはわかる、これはセイの作ったポーションの魔力！　その残滓《ざんし》！　つまりおぬしらはセイの関係者ということか！　わはは！　懐かしいのぉ！　今やつはどこにおるのじゃ？」

「おい姉ちゃん、いい加減にしねえと……」

ボルスは懐の拳銃を抜こうとして驚愕する。

「!?　ねえ……！　おれの拳銃が……」

「これのことか？」

いつの間にかフラメルの手の中に、ボルスの拳銃が握られていた。

みなに緊張が走る。

誰も、彼女が何をしたのか理解できなかった。

「ふむ、わしが作った銃ではないか。なぜこんなチンピラが持っておるんだ？　ああ、マリクのやつが量産したのか。なるほど……あの子も手先が器用じゃったからな」

「……マリク？」

ゼニスがそう問いかける。

みなが困惑している。少しでも会話して時間を延ばし、態勢を整えようとしていた。

「使徒……ああ、わしの弟子の一人じゃ。第二使徒《ザ・セカンド》とか言っておったの」

使徒。つまりセイと同じ、フラメルの弟子が銃の原型を作ったというのか。

「じゃが、まだまだじゃな」

ちゃき、とフラメルが銃を構える。

その銃口はボルスに向けられていた。

彼は臨戦態勢をとろうとする。

だが……動けなかった。恐怖から来るものではない。

脳からの命令が体に向かわない。

体が言うことを聞いてくれないのだ。

「ボルス……！」

ぱぁん……！

銃弾が発射される。

それはボルスの顔面……ではなく、その真横。

突如として出現した、ゴーレムの頭を打ち抜いていた。

「宝物殿を守護するゴーレムのようじゃな」

砂金が固まって人型になったようなゴーレムが、無数にわいて出てきたのだ。

フィライトが撃ち殺したはずのゴーレムも、一度砂金へと変わるも、しかしまた復活したのである。

「……この砂金を原料にしてるのなら、まずいです。原料が大量にあるこの部屋にいたら、一生敵がわき続けます！」

「ふむ、そこのエルフの麗しいお嬢さんの言う通りじゃ……が」

ぱちん、とフラメルが指を鳴らす。

次の瞬間……無数にいたゴーレムたちが、消えた。

ゴーレムだけじゃない。

その場にあった金銀財宝も含めて、すべてが消失していたのである。

「なんだぁ……何が起きてんだ……？」

「！　ボルス殿！　皆さんが……いません！」

「なっ!?」

その場に残っていたのは、ボルス、ブロッケス、そしてウフコックの三人だけだ。

「て、てめえ……！　フィライトたちをどこへやった！」

殴りかかろうとするボルスだったが、次の瞬間無様に転んでいた。

彼を冷ややかに見下ろしながら、フラメルが言う。

「彼女たちは、わしが安全に地上へ送り届ける。ここは危険じゃからな」

どうやらこの女が、フィライトたちをどこか別の場所へと送ったらしい。

だが、その言葉を真に受けることができるほど、ボルスはフラメルに対して信用を置いていない。

「てめえふざけるなよ！　誰が信じるかそんなこと！」

「ふむ、しかし外へ出る前にセイに一言挨拶をしていきたいのぉ」

「聞けよ！　話を……！」

だがボルスが立ち上がって殴りかかろうとしたときには、すでにフラメルは部屋からいなくなっていた。

ブロッケス、ウフコックらも困惑している。

「ボ、ボルス殿……どうしましょう？」

「決まってんだろ！　あの女を助ける……！」

「し、しかし……どうやって……」

ボルスは少し考えて、ウフコックに言う。

「おいおめえ、聖女さまの気配なら追跡できんだよなぁ？」

「……ああ、問題ない」

「なら、あの奴隷嬢ちゃんたちの気配も追えるな!?　あのババアが言っていた、聖女さまの魔力が奴隷ちゃんたちに残ってるって!」

「……そうか!　魔力の残滓をたどっていけば!」

ウフコックがうなずくと、フラメルが開けた穴を指さす。

彼らは急いで、フィライトたちを連れ去った、フラメルのあとを追うのだった。

☆

私、セイ・ファートは柔らかい石を手に入れるため、フォティヤトゥヤァのダンジョンへとやってきていた。

飛翔石っていう、珍しいアイテムをゲットしてウキウキるんるんな私は、いよいよ最終目的である、柔らかい石ゲットのためダンジョンを攻略していたんだけど……。

「むむ!」

「どうかしたのですか?　以上」

「……奴隷ちゃんズの身に、危険が迫ってるわ」

私は迷宮の通路で立ち止まり、ロボメイドのシェルジュにそう告げる。

これは……やばいわ。

しかし私の言葉にハテ、とシェルジュが首をかしげる。

「なぜ危険が迫ってるとわかるのですか？」

「……飛びながら説明するわ。ついてらっしゃい」

まさかさっそく出番が来るとは思わなかったわ。

飛翔石。

魔力を込めることで、特殊な力場を生成する。

ふわり……と私の体が浮かび上がる。

魔力調整をミスったら天井に頭をぶつけそうだけど、なんとかなった！

よし！

「行くぞロボメイド！　奴隷ちゃんズに危機だ！」

私はすさまじい早さで迷宮内を飛んでいく。

その後ろからロボメイドが、足をジェットに変えて飛んでくる。

「それで、なぜわかったのですか？」

「緊急《エマージェンシー》ポーションが発動したからよ」

「もうポーションつければなんでもありと思ってませんか？」

なんのこっちゃ！

「緊急ポーションはその名の通り、身の危険を感じたときに、アラート音とともに、自らの居場所を発信する効果のある魔法ポーションよ。あの子らに眠ってる間に飲ませておいたのよ」

「マスターがあの子らを眠らせて、外に出したときですか？」

「そう。で、その緊急ポーションが今、発動してるってわけ」

くっそ、結構距離があるわね……！

てゆーか、途中に出てくるモンスター……邪魔！

どがんばごん！　とモンスターをひき殺していく。

でも無傷。

この飛翔石、私の周りにバリアのような力場を発生させてるため、モンスターにぶつかっても私は無傷で済んでる。

「犯人は誰でしょう？」

「わからん！　ちっくしょう！　誰だ！　私の大事な子らを盗もうとしやがって！　ぶち殺してやる！」

と、そのときである。

私はひときわ広い部屋に出た。

『くくく……よくぞ参ったな挑戦し……』

「はいはい通りまーっす！！！！」

なんか燃えてる変な人の横を、私は通り過ぎようとする。

だが……ぐん！　と誰かが私の首根っこを掴んでひっぱった。

「うぐ……！　ちょ、なに!?」

ぼっ……！　と私の目の前に炎の柱が立つ。

……止めてもらえなかったら、今頃焼け焦げだったわね。

「あんがと、シェルジュ」

「いえ、マスターを守るのもワタシの役割ですから。以上」

ロボメイドが攻撃を感知して、私を助けてくれたのね。

ったく、こんなときだけおふざけなしなんて。

「……で？　あんた誰？」

私を殺そうとしたのはまあこの際どうでもよかった。

ちょー急いでるときに、私の歩みを止めたこと。それが、許せなかった。

『我が輩は炎の魔神……！　この迷宮の主である！』

「はーん。で？　迷宮の主さんが、なーんで私の邪魔するかな？」

『しれたこと。貴様は挑戦者で、我が輩がチャンピオンだからだ』

「話通じてますか？　私は別にあんたに挑むつもり、さらさらないから」

別に迷宮を突破したいなんてみじんも思っちゃいない。

そもそもここに来たのは柔らかい石をゲットするためだし。

それにわりかし、そっちはどうでもいい。

今は奴隷ちゃんズの安否。ただそれだけが気がかりだ。

『威勢がよいな女！　くく……それでこそ潰しがいがあるというもの！　ぬぅん！』

炎の変な人間が、もりもりと体を膨張させる。

外見が、体が炎でできた全裸のおっさんなので、まじで見てて不愉快だわ。

『くははは！　それでは挑戦者よ！　ここまで来れたことまずは……』

「氷獄ポーション！」

海すら凍らせる魔法薬をぶん投げる。

一瞬でやつを凍らせるものの、じゅうう……という音を立てて氷が消える。

『くはは！　なかなかの魔法だ！　しかし我が輩の炎のボディにはまったく……』

「氷獄ポーション！」

『く、くはは……き、ききかんと』

「氷獄ポーション！」「氷獄ポーション！」「氷獄ポーション！」

「氷獄ポーション！」「氷獄ポーション！」「氷獄ポーション！」

シェルジュのストレージにあったありったけの氷獄ポーションをぶん投げる。

『ちょ、ま……』

「私の邪魔すんじゃねぇえ……！　ぶち殺すぞ!?」

「完全に悪側で草」

ポーション投げまくった結果、炎の魔神とやらは完全凍結した。

よし！　終わった！　次！

『ぬぅうん！　きっかーーーーーーーーーーーーん！』

ばりんっ、と氷の塊をぶち破ると、魔神が自由になる。

うげ、まだ生きてるの……だるぅい……。

『残念だったな！　我の命は七つある……！　一度殺したくらいでいい気になるなよ小娘ぇ……！』

「一回死んだんかい」「バリバリ効いてますやん、以上」

『やかまっしぃいいいいいいいいいいいいいい！』

魔神が拳を振り上げて、地面に思い切りパンチを食らわせる。

凍り付いていた周囲の大地が、一気にマグマ地獄へと変化した。

私もシェルジュも空を飛べるので焼け死ぬことはなかったけど……。

「まあ、やっかいね」

「やつを完全に殺し切るためには、氷獄ポーションが足りません。以上」

めちゃくちゃに投げまくった結果、一度しか殺せなかったものね。

「シェルジュ、残りの氷獄ポーションは？」

「残り一つです。以上」

「あらら。錬金術師の弱ぃとこよね。強さがポーションに依存するとこ」

魔神が私を見て不敵に笑う。

『くはは！　もう終わりか錬金術師ぃ！』

やつが地面をだんっ！　と踏みならす。

その瞬間、私たちを狙って、地面のマグマが噴き出る。

左右に回避する私たち。

次に飛んできたのはマグマのつぶて。

人間の身長くらいの塊が、ものすごいスピードで、すごい数飛んでくる。

『ふははは！　潰れて焼け死ねぇえ！』

「ほいほいほいっと」

ひょいひょいひょいっと。

『なにぃい!?　なぜよけられる!?』

「動体視力も強化されてるんだよ。シェルジュ！　時間稼げ」

「了解」

両手に魔法機関銃を持って、一斉掃射する。

ずだだだ！　と銃弾が連射されるも、魔神の体にぶつかる前に蒸発する。

『そんなちゃちなおもちゃで我が輩の炎を攻略できると思ったかぁ!?』

「いーやまったく」

だから、これは時間稼ぎなのだ。

シェルジュが馬鹿魔神の気を引いてる間に、私が活路を見いだす。

外部から冷やすが駄目だった。

ならば攻略法は一つ。

私は錬金工房を展開する。

どこでも持ち歩ける、錬金術工房。

透明な立方体の中に、ついさっきシェルジュから受け取っておいた、ストレージされていた素材をぶち込む。

新たなる魔法薬を即興で作り上げ、私は新しいポーションを完成させる。

「おっけーシェルジュ。完成したわ」

シェルジュがうなずいて射撃を中止する。

ふふん、と魔神が得意げに笑っていた。

『何が完成したというのだ？　この全身が魔の炎でできた魔神を、どうやって殺す？　氷であと六度殺す必要があるが？』

「そんなの必要ないわ。食らいなさい！」

私はシェルジュに目配せしつつ、ポーション瓶を炎の魔神めがけて投げる。
炎のつぶてを飛ばしてくる。
ぱりん……！
私の投げた瓶が壊れる……。
『馬鹿が、何かしてくるとわかっていて、易々《やすやす》と浴びるものがどこにいる？』
「ええ、まったく」
『なっ!?　貴様いつの間に背後に!?』
シェルジュが接近して、ポーション瓶をランチャーにセット。
そのまま瓶を照射する。
私が気を引いてる間に、あの子はやつの背後に回っていた。
瓶はこっそりと渡しておいてね。
ちなみにさっき投げたのはただの水だ。
あとはランチャーからポーション瓶を射出。
それが魔神にぶつかる。
ぱりん……！
『ふん！　何をするかと思えば、単なる瓶をぶつけただけか！』
「まさかでしょ」

その瞬間……。

『う、ぐ、ああああああああああああああああ！』

魔神の体が赤く輝き出し、溶け出したのだ。

それは赤い液体といえば良いか、とにかく体の形を保てないようだ。

『なんだこれは!?　体から力が抜けるぅううううう！』

「冥土の土産に教えてあげよう。それは魔力変換ポーション」

『魔力変換だと!?』

「そう。魔法を魔力に変換するポーションだよ。あの液体をぶっかけられたあんたは、体が魔力に分解される。魔法の炎でできた体だって、自分から明かしてたわよね？」

魔神の体がどんどんと溶けていく。

魔法をいくら使っても、全部魔力になってしまうんだから。

あとはドロドロに溶けた液体（魔力を水に溶かしたもの）に、ポーション瓶の口を向ける。

大量にあった中身が瓶の中へと吸収されていった。

魔神の体はすべて魔力へ変換されて、あとはポーション瓶の中に封印完了。

「よし、魔神撃破＆高密度の魔力ポーションげっとだぜ！」

飲めば魔力を回復する薬に、魔神は変換させられたってわけだ。

「さすがマスター。魔神すら完璧に倒してしまうとは」

☆

私は魔神とかいう変なやつを完璧に撃破した。

話はその直後。

ごごご……！

「あん？　なによ？」

「直後とゴゴゴをかけた高度なしゃれですね、以上」

「スクラップにするわよ？　てゆーか、揺れてる……これって……」

確か、ダンジョンって迷宮主が倒されると消滅するんだっけ。

中にいる人間は強制転移されるって。

部屋全体が揺れ動いている。

迷宮を構成する壁や天井が、粒子状にほどけていった。

私もシェルジュも、体が分解されていく……。

怖くはない。ただ、さっさと転移しろやぼけとは思った。

だって今、私の可愛い奴隷ちゃんズにエマージェンシーな事態が起きてるんだから！

「はよ転移はよ！」

「マスター、ダンジョンクリア者には報しゅ……」

「いいからはよ！」

すると私の体がひときわ強く輝きその場から消えた。

……。

………。

…………意識が戻ってくる。

そこはフォティヤトゥヤァの王都どまんなか。

迷宮の入り口はすっかり消えていた。

「ん！　地上ね！　さて奴隷ちゃんズは……」

と、そのときだった。

「せーーーーーーーーーーーーーーーーーーーいちゅわぁああん！」

だきっ！

ぶっちゅぅう……！

「うげぇえええええええええ！」

バキィ……！

「ぐふぅううううううううう！」

吹っ飛んでいく馬鹿《ししょう》。

あんのばか……！　私に抱きついてほっぺにキスしやがった！

ぶち殺す勢いで、強化パンチをやつの頬にお見舞いしてやったぞ！

「なーにしやがるんでぃ……！」

ボールのようにバウンドしていく馬鹿、もとい師匠。

だが次の瞬間、私の前に再び現れる。

「セイ！　セイよ！　久しいのぉ！　どれ再会のキッスを」

「せんわ！」

私はハイキックを師匠にお見舞いする。だが師匠の顔にぶつかった瞬間、彼女が消える。

「ちっ……！」

「わはは！　セイは今日も元気じゃのぅ♡」

私の前に立っているのは七色の髪の毛の、【見たことない女】だ。

だが私にはわかる。この変態が師匠……ニコラス・フラメルだってことが！

「師匠。あんた毎回見るたび見た目が変わってないですか？」

「まあの。今はハデハデ系な気分じゃからな」

「あんたいっつも派手じゃないの……」

この師匠は、錬金術を応用して不老不死の力を持っている。

また、術を応用することで見た目を変えることもできる。

私がこいつに師事していたとき、コロコロと見た目が変わるもんだから驚いた。

けれどもう今は慣れたものである。

「お久しぶりですね、師匠。五〇〇年ぶり」

「む？　もうそんなに時間が経っておったか。光陰矢のごとしじゃの」

あんまりしみじみ感じ入ってるようではない。

そりゃそうだ。不老不死者だからね、こいつ。

「てゆーか！　師匠のとこから、私の大事な奴隷ちゃんズの気配がするんですけど!?　返してくれます!?」

「おお、すまんすまん」

師匠は懐から、一枚の紙を取り出す。

あれは魔道具だ。

折りたたまれた紙を、開く。

するとカッ……！　と輝いて、中から……。

「「わぁー……！」」

どっしーん……！

……とまあ、紙から奴隷ちゃんズが出てきたのだ。

あれは対象物を平面化して、折りたたんで収納する魔道具だ。

てゆーか！

「みんな！　大丈夫!?」

「おねえちゃん！」「主殿！」「……セイさまっ」「……！」

奴隷ちゃんズおよびスィちゃんを、私は抱きしめる……！

やぁ！　よかったぁ！　ほんっとよかった！

「ごめんねみんな、そこの不審者に変なことされなかった？」

バカ師匠を指さす。

奴隷ちゃんズはふるふる、と首を振った。

そっか……何もされなかったか……はぁ……。

気づけば、私はその場にへたり込んでいた。

「あ、あらら……」

「どうしたのですー!?」「ダンジョンでまさか怪我を!?」「……スィちゃん！　回復を！」

「…………！」

「ああ、ううん。平気。……なんか、どっと疲れちゃって……」

安心したら体から力が抜けちゃったのね。

はぁ……とにかく、何事もなくってよかった……。

「おねえちゃん……心配してくれたのです？」

「あったりまえでしょ、ダフネちゃん。おいで」

「わー♡」

胸に飛び込んできたダフネちゃんの、ふわっふわな髪をなでる。

あー……落ち着くんじゃあ。

しっかし私……この子たちがやばいって思っただけで、結構動揺してたなぁ。

まあ、そんだけ愛着がわいてるってことね。うん……なんだかんだ、可愛いし。

「心配してくれてうれしいでござるー！」

「……セイさま、我々を気にかけてくれるなんて」

「あたりまえじゃーん。みんな大好きな私の仲間たちだもん」

「「セイさま……！」」

みんなからむぎゅーされる。

ま、助かったからいっかー……。

「って、しまったぁあああああああああああああああああああああ
あああああああああ！！！」

私は立ち上がる。やべええ！！！！

「……ど、どうしたのですか？」

「柔らかい石！　忘れてたぁあああああああああああ！」

ダンジョンが消滅したと同時に、中の石も消えてたはず！

うわぁ……！　私が回収しようと思ってたのにぃいいいいいい！

と、そのときである。

「やれやれ、マスターはワタシがいないとだめですね。以上」

「シェルジュ……！　あ、そういえばあんたいなかったけど、どこ行ってたの？」

するとシェルジュが右手をかざして、ストレージを開放する。

どっちゃり……！

「うぉほぉおおおおおおお！　宝の山だぁああああああああ！」

「女子が出しちゃいけない声出してます。以上……ふぎゅっ！」

この女！　いつの間にか回収していたのね！

私はシェルジュに飛びついてキスする。

「もうもう！　大好きシェルジュ！」

「まったく、都合の良いときだけ好き好き言うんですから。やれやれ」

私からは見えなかったけど、ダフネちゃんが「シェルジュさん笑ってるのですー！」と歓声を上げてた。

そんな機能は搭載してないので、まあ見間違えだろうと思う。

☆

ダンジョンをクリアした私ことセイ・ファート。

ダンジョンが消滅すると同時に、目当ての柔らかい石も消えてしまう！

しかし有能ロボメイド、シェルジュが私の欲しいものを回収していたのだった！　らびゅー！

「フッ……どうですか、創造主？　あなたの弟子は今、ワタシにぞっこんです」

シェルジュがそんなことを、誰かに言う。

創造主……？

「ああ、師匠のことね」

このロボメイド、元々は師匠であるニコラス・フラメルが作った物だ。

師匠の工房を、長い間守護させておいて、五〇〇年も放置した過去がある。

だからだろうか、シェルジュの言葉からは、隠し切れない憎しみがにじんでいた。　さて……

そんな創造主《フラメル》はというと……。

「創造主？　誰のことじゃ」

「いや、あんたのことでしょ！」

「む？　わしか？」

「そうでしょ！　シェルジュ創《つく》ったのあんたー！」

虹色髪のハデ女、フラメル師匠が近づいてきて、じーっとシェルジュを見つめる。

「わし、こんなの創ったかのぉ？」

「………………」

隣に立つシェルジュが……。

びきっ！　と額に血管が浮かんだ。

血管!?　感情モーションなんてつけてないけど!?

「マスター。発砲許可を」

パァンッ……！

「いやあんた、許可取る前から撃ってるじゃないの!?」

「すみません、憎悪がＭＡＸになりました」

この暴走ロボメイド、師匠の眉間に、拳銃ぶっぱなしやがった！

まあ、気持ちはわかるけどさぁ！

「……自分で産んでおいて、五〇〇年放置しておいて、産んだことすら忘れてる……？　はは、ふふ」

「しぇ、シェルジュさん……？」

「ふざっけんなごらぁああああああああああああああああああああああああああああああああああああ！」

　ぶち切れのロボメイド！

　ストレージから両手に、魔法機関銃を取り出す。

　ズダダダ！！！！！！！！！！！

「ちょいちょいストップ！　シェルジュすとっぷー！」

「止めないでマスター！　こいつ殺せないです！」

「あんたしゃべり方変わってない!?　あと感情が！　芽生えてない!?」

　ああもうどうなってるのよ!?

　しばらく機関銃を連射したシェルジュ。

「ちっ、弾切れですか……命拾いしましたね」

「いやいや、あんた思いっきり殺してますやん……」

　まあこんなもんじゃ死なないでしょうけども。

「よいしょ」

「あ、ほら生きてる」

「ちっ……！」

ドパンッ……！

シェルジュがすぐさま拳銃で、師匠の眉間をヘッドショット。

だが弾丸が師匠の額にぶつかる前に、消える。

「無駄よシェルジュ。師匠は【確率制御能力】が使えるんだから」

「ちっ……！」

実に腹立たしそうな顔をするシェルジュ。

いやぁ、ロボとは思えないわこのリアルさ。

どーなってるの？　感情モーションつけてないのに。

「……セイさま」

「あ、ゼニスちゃん。ごめんね、内輪で盛り上がっちゃって」

「……いえ、それより、フラメルさまの【確率制御能力】とは？」

「文字通り、事象の確率を操作する能力よ。一〇〇％確実に起きることだろうと、〇％にすることができる。逆もまたできるの」

たとえば、さっきシェルジュが確実に、一〇〇％、師匠を殺した。

けれど師匠は、その一〇〇を〇に、つまり、なかったことにできる。

「……人の領域を超えている」

「それは同意。ま、そもそも五〇〇年以上生きてる時点で化け物だからね、この人」

ケラケラと笑うフラメル師匠。

一方で、憎しみの感情を向けるシェルジュ。

「セイよ。さすがじゃな」

「なに急に？」

「おぬし、魔力ポーションをこのロボに分けたじゃろう？」

「え？　ああ、そうね。魔神戦で魔力切れかけてたから」

シェルジュはロボだけど、動力は内部に蓄積した魔力を使っている。

ついさっき魔神を原料に作ったばかりの、魔力ポーションを分けてあげたのだ。

「セイの作った特別な魔力ポーションのおかげで、ロボの性能すら向上させたのだろう。その結果、表情機能が搭載されたというわけじゃ」

「いやいやいや……ロボがポーションでバージョンアップとか、ありえないでしょ」

「然《しか》り。じゃが、不可能を可能にする。それこそ、大賢者たるわしの弟子にふさわしい女ということよ！　さすがじゃ、セイよ！」

理屈はわからんが、このメイドが感情を手に入れたのは、私のポーションのおかげらしい。

別にそんなつもりで作ったわけじゃないし、魔力ポーションを分けたわけじゃないんだけどね。

「マスター……感謝いたします」

「シェルジュ？　……ひっ！」

こ、このロボ……めっちゃキレてる。

なんかもう……見たことないくらい、すんごい怒りの表情してるよ！

「……産んだ娘《ワタシ》のことは、あっさり忘れて。愛弟子《まなでし》のことは、五〇〇年経っても覚えてるなんて……ふ、ふふ……」

「しぇ、シェルジュ？」

「この……腹の底から、こいつをぶち殺してやりたい……この感情こそが、怒り……なのですね」

やばい爆発する……！

「総員退避！」

「「え？」」

呆然《ぼうぜん》とする王都民たち！　ブロッケス王子もなんかいた！

「逃げるぞっつてんの！　死にたくなきゃな！」

私は転移ポーションを取り出す。

そして地面にぶつけると同時に。

ロボメイドは、その両肩に、魔法ロケットランチャーを抱えていた！

「死　に　さ　ら　せ！　この、クソ親ぁあああああああああああああああ

あああああああああああああああああ！」

チュッドォオオオオオオオオオオオオオオオオオオオオオオオオオオオオオオオオオオン！

……シェルジュの怒りが文字通り爆発する前に、私は王都の人たちを連れて、脱出できたのだった。

☆

セイがダンジョンをクリアして、師匠ニコラス・フラメルと再会した……。

話は、その二日後のことだ。

「うう……はっ！　こ、ここは!?」

冒険者ボルスが目覚めると、そこは見たことのない、豪華な部屋の中だった。

アラビアンな内装のベッドルームに戸惑っていると……。

「……気づいたか、ボルス」

「ウフコック……！」

聖騎士の美女ウフコックがそばにたたずんでいたのだ。

「おれぁ……いったい……？」

「……爆発事故の衝撃で気を失っていたのさ。二日間もな」

「爆発……そうだ！　フィライトは!?」

ボルスの恋人、Sランク冒険者のフィライト。

謎の七色髪の女（※フラメル）に、恋人を連れ去られていたのだ。

追跡の途中で急に外に転移した……かと思ったら、また別の場所に転移し、今に至る。

立ち上がろうとするボルスの肩を掴むウフコック。

「……まあ待て。おまえの女は無事だ」

「なんだと!?　どこにいんだよ!?」

今すぐにでも会わせろという剣幕。

ウフコックは息をつくと、彼を連れて外に出る……。

そこに広がっていたのは、美しいフォティヤトゥヤァの街並み。

あの殺人的な暑さは今、解消されて、元の観光の街へと戻っていた。

そんな王都どまんなかに……。

「な、んじゃこりゃぁ……！」

もと、ダンジョンのあった場所に、巨大な銅像が建っていた。

髪の毛の長い、それはそれは美しい女性の像が立っている。

「……救国の英雄、銀髪の聖女さまの銅像だそうだ」

「救国の英雄……？」

そのときである。

「おお！　ボルス殿！　目が覚めましたか！」

「確かフォティヤトゥヤァの王子さんじゃないっすか……」

ブロッケス王子がにこやかに手を振りながらこちらへとやってくる。

その手には……ビラを大量に持っていた。

「いやぁ、よかったです！　目が覚めないんじゃないかって心配してたんですよぉ！」

「いや、おかげさんで……ってか、この銅像はなんすか？」

「おお！　よくぞ聞いてくれました！　救国の英雄、銀髪の聖女セイ・ファートさまをたたえる銅像です！　宮廷錬金術師たちに急ピッチで作らせたんですよぉ！」

ボルスは王子の目が、誰かに似ている気がした。

ぽん、とウフコックが肩を叩《たた》く。

「……おまえの女と同じ目だろ」

「あ、ああ～……そっか。信者のな」

しかし、どうしたことだろうか。

ウフコックも前は、セイに対して、同じ目……つまり信者の目をしていた。

けれど、今は普通の目をしてる。

そんな変化を問いただす前に、ブロッケスが一人語り出す。

「このビラをご覧ください！　これは聖女さまのご活躍をまとめたものです！」
・フォティヤトゥヤァに現れたダンジョンを、聖女さまが突破なさってくれた。
・それによって灼熱地獄は解消。
・さらに、魔神の最後の爆発から、街を、そして民たちを守ってくださった。
「魔神の……最後の爆発だぁ？」

「はい！　聞いた話なのですが、どうやらダンジョンが突破されたあとも、炎の魔神はしぶとく生き残っていたらしいのです！　そして、最後《さいご》っ屁《ぺ》のごとく、大爆発を起こしたと！」

否である。ほんとはフラメルの作ったロボが、ロケットランチャーをぶっ放しただけ。

しかし事情（確執）を知らぬ人たちの間では、魔神が生きていたことになっていた。

まあ王都を包み込むほどの爆発だった。

炎の魔神のしわざと結びつけたくなる気持ちはわかる。

「セイさまはやつの最後の炎から我らを転移させ、守ってくださった。それだけにとどまらず！　木っ端みじんになった王都を、一瞬で直してくださったのです！　無償で！　なんという善意の心！」

「こ、木っ端みじんって……さらっととんでもねーことになってねえか!?」

これも誤解がある。

確かに、セイは街の人たちを守って、壊れた街を直した。

だがこれは、別に善意でもなんでもなかった。

自分の師匠、および自分のロボの暴走で、大勢が死に、街が壊れた……となれば寝覚めが悪すぎる。

もしも自分のせいではなかったとしても、だ。

だから街の人を全員守った、というよりは、馬鹿二名が迷惑をかけないよう避難させた、直したというだけ。

あとで、自分のせいだと非難されないよう……まあ要するに自己保身のためである。

それを知らない街の人たちは、悪《あ》しき魔神から街をお救いになった、という美談に仕立て上げたのである。

主に、フィライト、そしてこのブロッケスのせいで。

「我が国は今後、聖女さまの銅像を建て、未来永劫《えいごう》、彼女の偉大さを伝えていこうと思います！」

「お、おう……そうかい……」

こののめり込みっぷりを見て、かなり引いてしまうボルス。

なんだ未来永劫って……。

そして、うんうんとうなずくウフコック。

「おめー、もしかしてこのやべえやつの、やべえの見て……目ぇ覚めたのか？」

「……ああ。ぼくも、どうかしていた」

人の振り見て我が振り直せ、とはこのことか。

ウフコックはこの王子の異常な行動を見てドン引きし、正気に戻ったのである。

前は聖女信者だったのだが……。

「……真偽はともかく、聖女さまが街を救ったのは事実だから、そこは認めてはいるよ。すごいと思う」

「ただ、いきすぎた信仰まではいかなくなったのな」

「……ああ」

さて、フィライトはというと……。

「そのときですの！　聖女さまが爆発からみなをお守りになられたのですわ！」

街の子供たち相手に、爆発事件の詳細を語っていた。

あの場において、奴隷と一緒に、ウフコックとフィライトも外に出ていたのである。

一部始終を目撃しているはずなのに、美談にしたてあげられてしまっている。

このあまりの異常っぷりも、ウフコックが目覚めるきっかけになったらしい。

ボルスは恋人が無事で、はぁ～～っと大きく安堵《あんど》の息をつく。

「ま、何はともあれ……無事で何よりだよぉ……」

三章

Tensai Renkin Jutsushi ha Kimamani Tabi Suru

……フォティヤトゥヤァでの騒動から、数日後。

「「海だー！！！！」」

奴隷ちゃんズが、海に向かって走り出している。

そこは白い砂浜、輝く太陽、そして椰子《やし》の木……。

そう、ここは南国の島。

正真正銘の無人島……。

「わぁ！　見て見てスィちゃん！　海が緑色なのです！」

「……！」

緑色髪の可愛いうさ耳奴隷ちゃん、ダフネちゃん。

ワンピースタイプの水着を身につけている。

お尻にウサギのまんまるな尻尾があってそれがまたキュート。

ダフネちゃんと手をつないでるのは、水精霊のスィちゃん。

こちらは体が水でできてるということで、自分の肉体を変形し、こちらもワンピースタイプ水着。ふりふりはない。

胸には【すぃー】とネームタグが貼ってある。きゃわいい。

「うぉー！　ゼニス！　すごい、魚があんなに泳いでるぞ！　拙者ちょっと獲《と》ってくる〜！」

「…………」

火竜人のトーカちゃんは真っ黒なビキニだ。

スタイルがいいので、ビキニが似合う。

で、ゼニスちゃんはというと……。

「あら、どうしたのタオルなんて巻いて」

「……だって、セイさまにこんな、貧相な体を見せられません」

おやまぁ。

別に気にしないのに。

しかし……どんな水着なのか、気になる。気になるなぁ……。

「見せて？」

「……はい」

「いいの？」

「……セイさまが、見たいとおっしゃるのなら」

ゆっくりとゼニスちゃんがタオルを取り払って、私の前に素肌をさらす。

シミ一つない、真っ白な、きれいな肌。

くびれた腰にきゅっと引き締まった太もも。

「めっちゃきれいじゃん！　どこに隠す要素あるのよ」

「……だって、胸が」

「はぁ？　胸なんてステータスの一種でしかないでしょ？　きれいよほんとに」

「…………」

エルフ耳が真っ赤に染まってしまい……。

彼女は海に向かって走っていった。

「ジゴロマスター」

「……なによ、シェルジュ」

ロボメイドもまた水着姿だ。

青いツーピース水着に、腰にはパレオを巻いてる。

麦わら帽子にサングラスという、なかなかパンクなファッションだ。

皮膚パーツは人間の材質に近いよう作ってあるし、水は弾くようになってる。

だから、海に普通に入れる。

「どうでしょう？」

「どうって？」

「だから……ゼニスのように、ほら。感想を」

「まー……普通？」

ぷくっ、とシェルジュが頬を膨らませると、そっぽを向いてしまう。

「普通にきれいよ」

「…………そーゆーとこですよ」

「は？　どういうとこよ……」

人間に進化したシェルジュは、めんどくささが加速していた。

「マスターは、なんですかその格好」

「え？　なに？」

水着に上から防水パーカーを着て、頭にスカーフを巻いて、サングラス。

「そのもっさい服装はなんだというのです」

「日焼け対策」

「魔法の日焼け止め作ってたじゃないですか」

「あれは奴隷ちゃんズの柔肌を守るためのお薬。まあ私も塗ってるけど。日差しって……あ、こら！　取るな！」

シェルジュに上着を取っ払われる。

「「おおー！」」

ダフネちゃんたちが近づいてきて、目をキラキラさせる。

う、注目されると恥ずかしくなるわね……。

「おねえちゃん、きれー！」

「…………」こくん！

「主殿は頭が良いだけでなく、見た目も麗しいなんてすごいですな！」

「……お美しい、です。天使さま……です」

やー恥ずかしいわー。

一方シェルジュはじとーっと私を見つめている。

「なによ？」

「……研究ばかりしてるのに、どうしてそんな美肌なんですか？」

「いちおう肌ケアしてるからね。化粧水で」

錬金術師の私は、ちょちょいと、肌を守るお薬まで作れちゃうのよね。

「チートやチート薬師《くすし》や」

「薬師じゃないわ、錬金術師」

「はいはい」

……さて。

そんなこんなで私たちは、無人島にバカンスに来てる。

ここがどこかというと……。

「セイぃいいいいいいいいいいい！」

アホ師匠が私に向かって突っ走ってくる。

私はそれをひょいっと避ける。

そのまま海に突っ込んで、激しい水音を立てる。

「……そのまま窒息して死ね」

「相変わらず師匠《ははおや》には辛辣ね」

ここがどこか？

師匠……ニコラス・フラメルの工房の一つだ。

☆

さてなぜ私がシスターズと水着でうっはうはバカンスしてるかというと……。

フォティヤトゥヤァの王都で、馬鹿師匠（母）と、ロボメイド（娘）とが実に無意味なバトルをした。

うちのロボメイド、シェルジュさんの怒りのロケランによって、王都は壊滅。

まあ私の修復ポーションと転移ポーションのおかげで、怪我人ゼロだったし、街は元通りになったんだけど……。

そのあとのこと、考えてみ？

事情の説明とか、ちょーめんどくない？

しかもやらかした馬鹿二名は私の関係者だ。追及は逃れられない。

いくら直したからって、街をいきなり爆破したら……そりゃ怒るでしょ？

ということで私はさっさと街を離れることにしたのだ。

そもそもこの南の島国フォティヤトゥヤァに来たのは、天導教会とかいうやつらの、聖騎士から逃れるためのはずだったのに……。

気づけば新しいトラブルに巻き込まれ、全然休めてない……！

私は今回の騒動の元凶に、慰謝料を請求した。

その結果、私は師匠の工房の一つを、もらい受けることになったのである。

「バカンス用の無人島ゲット……！」

私は浜辺でパラソルを立て、ビーチマットを敷き、そこに仰向けに寝ている。

日焼けを防ぐポーションを塗り塗りしたので、何も気にせずこの太陽の下に素肌をさらせるのだ。

まあダンジョンではいろいろ大変だったけど、収穫はあった。

珍しい魔道具は手に入ったし、シスターズに対する私の思いも再確認できた。

しかも師匠から柔らかい石もぶんど……こほん、分けてもらえた。言うことナッシン。

「シェルジュ〜。トロピカルドリンク作って」

「はいはい、わかりましたよ。マスターはワタシがいないと何もできないんですから」

そんなことはない。

面倒なことをしたくないだけだ。

シェルジュはトロピカルドリンクを作りに、一度離れる。

「で？　そこで出歯亀してる馬鹿師匠は、何をしてるんですか？」

「おお！　よくぞ我が隠蔽を見破ったな！　さすがじゃな！」

すぅ……と景色に溶け込んでいた師匠が、姿を現す。

たぶん光の魔法を使って、見えなくしていたのだろう。

「わしの迷彩を見破るその眼力は見事なものじゃ！」

「はいはい……で？」

「で？　とは？」

私は師匠をじとっと見やる。

「あんた……私に何させたいわけ？」

きょとんとした表情から一転、にんまりと笑う師匠。

「さすがじゃな。わしの真意を見抜くとは」

「まあ付き合いが長いですからねー……っと」

この放浪癖のある師匠が、まだこの場に残ってる時点でおかしい。

前回の騒動が終わったタイミングで、後処理とか全部私に押しつけて、逃げるかと思った。

でも、そうしなかった。

それは私に用事があるからにほかならない。

「見事な推理じゃ！　名探偵もびっくりじゃのう」

「はは、殴っていいですか？」

ぼぐぅ！

「せ、セイ……よ。結局殴るなら、断りはいらないのでは……？」

「で？　なんですか？」

「ふっ……スルーか。わしはその、独善的なところが、好きじゃよ」

なにが独善的か。

私は協調性の塊のような女でしょ？　ねえ？（迫真）

「用事がないなら消《き》え失《う》せてくれませんかね。あんたがいると、うちのシェルジュが機嫌悪くて仕方ないんですけど？」

「ううむ、まだわし嫌われておるのか……なぜそんなキレてるのじゃろうなぁ」

「はは（乾いた笑み）」

この人、ほんと人の心ないよね。

「前振りが長くなってしもうたが、本題じゃ」

師匠が胸の谷間から、一枚の封筒を取り出す。

しゅっ、とそれを私に投げてきた。

私はパシッと受け取る。

「で？　これなに？」

「ちょ～っとばかり、セイにお使いをお願いしたいのじゃ♡」

……まーた、厄介ごとの気配ですよ。やれやれ。

☆

師匠の工房である無人島に、遊びに来ている私たち。

日中は浜辺でバーベキューした……その日の夜。

「うーむ……」

私は一人、夜の砂浜にいた。

海を見つめながら、どうしようかなぁって思っていたそのときだ。

「マスター」

ふぁさ、と私の肩にカーディガンがかかる。

振り返るとそこには、私のロボ、シェルジュがいた。

「夜は冷えます」

……私が風邪引かないようにって、カーディガン持ってきてくれたのね。

なんだか、調子狂うなぁ……。

私に対して冷静ロボツッコミ入れてくるこの子と、こうして体を気遣ってくれるこの子が、どうにも同じに見えないのである。

「気が利くじゃん」

「マスターのお世話係ですから」

「世話らしいことされたことないんですけど？」

「今、しました」

「あらそーですか。そりゃあどうもありがとう」

私が海岸線を歩いてると、少し下がった位置で、後ろからついてくる。

「ついてくんなよ」

「迷子になられたら、奴隷たちが困るでしょうから」

「あんたは？」

「当然、ワタシも」

「へえ……」

なんだか、殊勝な態度じゃないの？

どうしちゃったのかしら……。

「マスター」

ぎゅっ、とシェルジュが私を背後から抱きしめてきた。

あ？　なんだ急に……。

「マスター……マスター……」

「ちょ……シェルジュ？　ちょっと！」

そのままシェルジュが私を押し倒してきたのだ！

な、な、なんじゃわれえ！

顔を真っ赤にしたシェルジュが私を押し倒している。

すぐ目の前には、整った顔つきのメイドがいる。

前髪で片目が隠れているけど、その瞳が濡れているのがわかった。

「ワタシ……置いてかないで」

「は？　置いてくって……」

「……とぼけても無駄です。あのくそ親から、依頼をもらったのでしょう？」

……このメイド、気づいていたのか。

バレないように気を遣ったのだけども。

「……その優しさは、つらいです。もっと頼ってくださいよ。こないだみたいに」

「いやぁ、でもさぁ……」

「マスター……ワタシ、ワタシは……」

すぅ……とシェルジュが顔を近づけている。

え、ちょ、ちょいちょい！　待って！　え、つまり、え？　そういうこと!?

いや初めての相手がロボとか嫌なんですけど……いや別に好きな男とか皆無ですけども……！

「ま、待って！」

「…………」

「私もいちおう女だから、初めては……シェルジュ？」

赤かった顔が、みるみるうちに青ざめていく。

脂汗に、焦点の合わない目……って、まさか！

「う、……ぼ……もう、げんか……い」

「あんた酔ってるのね！　我慢しなさい！」

「もぉ……げんか……おぇぇぇぇぇぇぇぇぇぇぇぇぇぇぇぇぇぇぇぇぇ！」

ふげぇあああああああああああああああああああああ！

……ややあって。

「すみません、マスター」

私とシェルジュは、海を見つめながら座っている。

このばかロボは飲んだものをリバースしたのだ。

……あと一歩で、顔面にゲロぶっかけられるとこだった。

顔を直前で背けたおかげで、ダイレクトゲロを受けずに済んだけど……。髪の毛に少し飛んだわよ。

まあ、いいけど。

「その人間ボディにアップデートされてから、初めてのお酒だったのね」

「はい……これが、悪酔いって感じなのですね。でもマスターのお薬のおかげで、一発で治りました。すごすぎです」

飲みすぎて気持ち悪そうにしていたから、酔い止めをテキトーに作って飲ませたところ、元通りのメイドになった次第。

「どーでもいいけど、なんで酒飲みすぎてたの？」

「……マスターが、お一人で決断してしまうから」

シェルジュが私の肩の上に頭を乗っけてくる。

別に拒むほどじゃなかったのでそのままにしとく。

「別に良いでしょ。私の旅なんだから」

「お供は不要ですか？」

「うーん……でも今回のはやばめの依頼だし」

「なら、なおさら。頼ってくださいよ」

気を遣ったつもりだったけど、それが嫌だったらしい。

ロボ心はわからんぜよ。

「頼ってください」

「わかった、わかったわよ。顔近づけないで」

またキスされちゃうんじゃないかって思うとね。

照れてるわけじゃないけど。

「じゃ、明日奴隷ちゃんズが起きたら、出発よ。あんたも当然ついてくんのよ」

シェルジュが……微笑んだ。

感情エンジンは搭載してないけど、人間にアップデートされたことで、人並みの感情表現ができるようになったのだろう。

ダフネちゃんが言う通り、ま、ちょっと可愛いかなって思った。

「ところでマスター。どちらに向かわれるのですか？」

私は夜の海を指さして言う。

「海の下」

☆

「てことで、今日はみんなで海底散歩です！」

水着を着たシスターズに、私はそう宣言する。

「「「海底散歩……？」」」

「いえーす。文字通り海の底を歩いていく感じ。お魚さんとかいて、楽しいと思うんだ」

おお！　とみんなが歓声を上げる。

「海底散歩したいのですー！」「…………！」

ラビ族ダフネちゃんと、水精霊のスィちゃんが諸手《もろて》を挙げて賛成してくれる。

君たちは私が何をやっても、真っ先に全肯定してくれるから好きよ。

「拙者もお魚！　銛《もり》でめっちゃ獲りたいでござる！！！」

火竜人のトーカちゃんが鼻息を荒くしながら言う。

確かトーカちゃんってお魚好きなのよね。火竜人なのに。

「……しかし、海底を歩くとなると水圧はどうなりますか？　それと、呼吸の問題も」

「ワタシとスィは深海での活動が可能ですが、奴隷たちはどちらもクリアできません」

ロボは呼吸を必要としないし、スィちゃんは水の精霊だから泳げるし呼吸も必要ない。

「その辺はぬかりない。今こそ、特級の出番じゃい！」

「「とっきゅー？」」

馬鹿師匠からぶんどった……柔らかい石。

これを魔力水につけることで、超神水というすごい溶媒が手に入る。

それを元に作られる、すごい効果を持つポーション。

その名も、特級ポーション！

「じゃーん。名付けて、【水精の霊薬】！」

「スィちゃんの名前だー！」「…………！」

「ざっつらいと。これは飲むことで、海にいるときだけに限るけど、一時的に種族を水の精霊に変えられるのです……！」

私の説明にゼニスちゃんが愕然としている。

「……しゅ、種族チェンジなんて、そんな……神の所業じゃないですか」

「それを可能にするのが特級ってやつなのよ」

「……すごい、すごい！　やはりセイさまはすごいです！」

肯定が心地よいわ～。

最近馬鹿師匠に振り回されて、ストレス感じまくりだったので、この子らとの交流がとても気持ちが良い。

「ほいじゃ、水精の霊薬配りまーす。飲んでー」

私がポーション瓶を配る。奴隷ちゃんズはまったく警戒しないでそれを飲んだ……。

「……？　何も変化がありません」

「水に入ればわかるわ。ほら、れっつらごー！」

私たちがジャバジャバと、水の中に入っていく……。

すると……。

ぱぁ……！　と奴隷ちゃんズの体が輝く。

「ふわわ～！」「なんとー！」「……体が、変化してる！」

見た目麗しい奴隷ちゃんズたちが、なななんと！

「「人魚になってるー！」」

そう、下半身がお魚さんになってるのだ！

水精霊になっただけじゃ、泳ぎが早くなるわけじゃない。ので、こうしてビジュアル面も変化させたのである。

ちなみに私も人魚バージョンですよ。

「マスター、ワタシも人魚になりたいのですが」

「あんたは足からジェット噴射できるでしょ」

「むぅ……」

何不満がってるのかしらね？

まあいいわ。

「とにかく、これで海を渡る準備は万全！　そいじゃー行くわよ！」

☆

「わぁ！　すごいよスィちゃん！　お魚さんみたいに泳げるのです〜！」

「……！！」

私の作った変身薬の効果で、一時的に水精霊化しているダフネちゃん。

下半身が魚類になっているので、人魚に見えなくもない。

ただうさ耳もついてるので、要素がもりもりに渋滞してるんだけども。

「ふふふのふ」

私の隣を泳ぐシェルジュが、にんまりと笑っていた。

ちなみにロボは足からジェットを噴射することで、結構な速度で泳げる。

「なによ？」

「ふ……マスター。海中ならさすがに、ポーションは無双はできませんね」

はぁん？

何を言い出すんだこのロボは。しかもなんだか得意げ。

「ここは海ですが、もちろんモンスターが存在します。遭遇したとき、大抵の場合マスターが、ちょめちょめぽーしょーん……で解決するのが通例かと」

「なんだ私のマネか？　お？　けんか売ってるのか？」

「しかし、海中でポーションは使えない。中身が水に溶けてしまうので。ということで、ワタシの出番ですねっ」

ははん？

つまりあれか、自分の活躍（主人の護衛）を取られて、文句が言いたいってわけね？

「ふ……甘いですよロボメイド。私の強さはポーションに依存するとは言え、海中で戦えないとは一言も言ってないわ」

「ほぅ。ではあれで、見せてもらいましょうか？」

こちらに向かってものすごい速度で泳いでくる、一匹の魚影……。

「さ、サメさんなのですー！」

「あんれま、でっかいお魚さんだこと」

ダフネちゃんたちがびびってるけど、普通に三メートルくらいのただのサメじゃないの。

びびることぁないわ。

「主殿！　拙者がやるでござる！」

「あー、大丈夫大丈夫。なんとかするわ」

「……しかしセイさま、海中ではポーションが使えないのでは？」

その通り。いつもの、ポーションを作る、投げる、倒すみたいな流れはできない。

「そんなときは、じゃじゃじゃん！　通信交換機《エクスチェンジャー》」

こないだのダンジョンの中で見つけた、お宝の一つ。

一対の指輪となっており、持ち物をその二者間で、交換できるのだ。

もう一個の指輪はシェルジュに持たせてる（なぜか左手の薬指にはめているけど）。

シェルジュのストレージ機能と、この通信交換機を併用することで、やつに蓄えさせておいた素材を私が使うことができるのだ。

私の目の前に種々の薬草ができあがる。

海水を使って、薬草と組み合わせることで……。

「麻痺《まひ》ポーション〜！」

水はそこら中にあるからね。海中の一部分だけに、麻痺の成分を混ぜる。

その結果、サメがそこを通ることで麻痺が発動。

仰向けになってぷかぷか浮いてるって感じ。

「……セイさまは本当にすごいですね。どこにいても強い」

「わはは！　このセイ・ファートさまに死角はないのだよ、わかったかねぇ～？　シェルジュくーん」

するとシェルジュが、海底に手をついて頭を下げる。

「……せっかく、マスターのお役に立てると思ったのに……」

な、なによ……殊勝な態度じゃないのよ。

私が悪いみたいな感じに見えてくるわ……。

「おねえちゃん、シェルジュさん……かわいそーなのです」

ダフネちゃんとスィちゃんが、潤んだ目を私に向けてくる。

お、おのれシェルジュ！　奴隷ちゃんを仲間につけよって！

こ、これじゃむげにできないじゃないのよ！

「わ、わかったわよ……海中戦闘は任せるわよ。水中銃の方が楽に倒せるだろうし」

「ふぅ～……やれやれ、マスターはやはり、ワタシがいないとダメダメですね」

陸地に上がったら、一発殴っとこって、そう思った。

☆

私はシスターズ&ロボ&精霊ちゃんと海を旅している。

大体ポーションでなんとかできるんだけど、ロボがふくれっ面してしまったので、仕方なくザコ狩りは任せる。

「見てくださいマスター。ワタシの活躍を……!」

襲い来る凶暴な海モンスターたち。

シェルジュが水中銃を使って、ずだだだっ、と倒している……。

「わぁ! おねえちゃん見て見て~!」

「あら、きれいな珊瑚礁《さんごしょう》ね」

「ねー!」

ザコの露払いをロボに任せ、私は奴隷ちゃんズとの海散歩を楽しんでいた。

まあ、歩いてるわけじゃないけど、ニュアンス的にね。

「マスター! ワタシの……」

「セイ殿~! 大量にお魚ゲットしてきたでござるよー!」

水精霊の女王からもらった武器、トライデントを使っているトーカちゃん。

三つ叉の矛には、でっかいお魚。

持っている網の中には大量の魚が詰められていた。

「この矛すごいのでござるよ! 水の抵抗をまったく感じさせないのでござる!

「おー！　すごいじゃーん。やるねぇ～」

つんつん、と私の肩をシェルジュがつついてくる。

「なんじゃい？」

「マスター。活躍を……」

「あ、トーカちゃん！　このロボのストレージに魚入れてもらって」

シェルジュは不承不承といった感じで、魚をストレージにしまうと……。

べちべち、と私の肩を叩いてくる。

「んだよー？」

「……マスター。もしかしてわざとですか？」

「はぁ？　なにがわざとなのよ」

「ワタシがマスターのために、こうしてザコの露払いをしているのです」

「そーね。で？」

ぷく～！　と頬を膨らませると、シェルジュが水中銃を構えて、発砲する。

近づいてきていたサメの脳天を打ち抜いた。

「……マスターの、あほっ」

「わけからん……情緒どうなってんのよ」

ジェット噴射で飛んでいくと、シェルジュが八つ当たりするかのように、ザコを掃除していく。

やれやれ、人間になったせいで、感情コントロールが利かなくなってるわねあいつ。

すると、エルフのゼニスちゃんが近づいてきて言う。

「あの……セイさま。シェルジュさんは、褒めてほしいのではないですか？」

「は……？　褒めてほしい？」

「……ええ、おそらくは。セイさまに褒めてほしくて、自分からザコ狩りを買って出たのかと」

はぁ～……。

なるほどね。

「でも褒めてほしいなら、自分からそう言やいいじゃない？」

「……おそらく、恥ずかしいのかと」

「自分から褒めてっていうのが？　はぁー……めんどくさ」

つい本音が口をついてしまった。

ゼニスちゃんは苦笑しながら言う。

「……セイさまが褒めてくれるの、ずっと待ってますよ、たぶん」

「えー……でもなぁ」

まーでも、あれだ。

パフォーマンスが低下してきたら、困るからな。うん。

「あー、シェルジュ。ちょっと」

「なんですか今ザコ狩りでとても忙しいんですがー」

親の敵《かたき》みたいに、ザコをぶっ殺していくシェルジュ。

まあいいや。

「悪いわね、ザコの相手してくれて。あんがと」

ぴたっ、とシェルジュが撃つのをやめる。

ぎゅんっ、と一瞬で私のもとへ近づいてきた。うぉ、なんだなんだ。

「もう一度」

「は？」

「よく聞こえませんでしたので、近くで、もう一度」

こ、こいつ……。

絶対聞こえてたでしょ。ロボよロボ。

人間の聴覚を超えてるのよ？

聞こえてないわけがないじゃないの……まったく。

「面倒かけてるわね」

「そういうのではなく」

「あー……ありがと」

シェルジュが、にんまりと笑う。

「なによ……？」

「何にありがとうなのでしょうか？」

「だーかーらー……ザコを倒してくれてありがとね。よくやってるわ」

「…………それだけですか？」

ちらちら、とシェルジュが私に物欲しげな目線を向けてくる。

なんだこれは？

頭をぐりぐり押しつけてくる……。

「え、頭なでてほしいの？」

「さぁ……どうでしょう」

めんどっっっっっっくさ。

……まあ、だるい仕事を任せてるのは事実だし、褒めといてあげるか。ゼニスちゃんも褒めてあげてって言ってたし。

「はいはい。偉い偉い」

私はシェルジュの頭をなでてあげる。

ロボのくせに、結構さらさらしてるのよね、髪の毛。

まあ海の中だから少しぶわーって広がってるけど。

シエルジュが、口元をεみたいにして……。

「はー、やれやれ。これだけザコ狩りがんばってるのに、頭なでなでしかしてくれないなんて。これは労基署に訴えるべきですね～」

なんだこいつ……。

自分でやりたいって言ったくせに、なーんだその言い草。ちょこっと腹立つわー。

「じゃあいいわよ。自分でザコ狩りするから」

私はシエルジュの中のストレージから、必要な素材を取り出す。

海水を使って、魔除けのポーション海中バージョンを作った。

「おねえちゃん、なんなのですそれー？」

「これは海用の魔除けのポーションよ。普段は魔物の嫌いなにおいで追い払うけど、これは魔物の嫌いな音を発生させて追い払う……」

ぱしっ！

「あ、おい！　ロボメイドあんた！　返しなさいよ！」

シエルジュが私から魔除けのポーション海中バージョンを盗んで逃げ出した！

「マスター、ザコ狩り行ってきますので休んでてください」

「なんなのよあんた、もぉおおおおおお！」

私が切れてると、その様子を見ていた奴隷ちゃんズが、ほっこりした笑みを浮かべていた。

まじでなんなの？

☆

めんどくさロボの相手をしながら、私たちは海の中を泳いでいく。

くいくい、と水精霊のスィちゃんが私の腕を引っ張ってきた。

「…………」

「どうしたの？」

「…………」ぐぅ。

お腹を押さえるスィちゃん。

ははん、これはお腹がすいたのね。

「ちょっと休憩しましょうか。ご飯にしましょう」

「わーなのです！」

ダフネちゃんが両手を広げながら泳いでいる。きゃわわ。

はて、とトーカちゃんが首をかしげながら問うてきた。

「しかし主殿、海の中で食事なんてどうするのでござるか？」

「……確かに、火は使えませんし、固形物はふやけてしまいますね」

二人の意見はごもっとも。

そこで私はシェルジュに預けてあるぶつを取り出す。

「じゃじゃーん、食事ポーションーン！」

「なんかもう、ポーションつけておけば、何でもいいやって思ってません？　マスター」

「うっさいロボメイド。ささ、食べましょー」

私たちは近くの岩場へと移動する。

取り出したるは、袋に入ったポーションだ。

普通は瓶に入ってるもんだけどね。

「おねえちゃん、どうやって食べるのです？」

「…………？」

食事ポーションを手に取ったスィちゃんダフネちゃんが、はて？　と首をかしげてる。

「そのままちゅうちゅう、って吸うのよ。中にゼリー状のポーションが入ってるの」

「それはもうポーションではなくゼリー飲料では？」

……さっきからやたらと口を挟んでくるな、このロボ。

「なに？　かまってほしいわけ？」

「そんなこと一言も言ってませんが？」

「あっそー、じゃあもう全部無視しちゃお」

「それしたら殺人ならぬ、殺ロボしちゃいますよ？　さみしいと死んじゃうんですよ？」

「おのれはウサギか……ダフネちゃんだけで十分だっての」

食事ポーションをしげしげながめている本物のうさちゃんこと、ダフネちゃんが食事ポーションに口をつける。

ちゅうちゅう、と吸うと……耳がぴーん！　と立つ。

「すごいのです！　ステーキの味がするのですー！」

「おお、なんと！　では拙者も……んっ！　こっちはスパゲッティでござる！」

奴隷ちゃんズがちゅうちゅう、とおいしそうに食事ポーションを吸っている。

「このポーションは擬似的に味を感じるだけじゃなくて、食感もあるし、栄養素もそのまま取り込める優れものなのよ」

「「す、すごい……！」」

はて、とシェルジュが首をかしげる。

「なんでそんなもの作ったのですか？　普通に食事をすればよいのでは？」

「仕事してるとね、食事してる暇がないときがままあってね。そのとき、一〇秒でぐいっとそっこーエネルギーをチャージするときとかに、これ飲んでたのよ」

「なるほど、うぃだーですね」

うぃ……？　たまにこのロボ、わけわからんこと言うわよね。

「いろんな味があるからいっぱい食べてね。あ、でも食べすぎると太っちゃうから気をつけること」

「「はーい！」」

食事ポーションをうまうまと食べている奴隷ちゃんズ。なごむわー。

「マスター。いい加減、海底に来た目的をお話しください」

「あ、そういや言ってなかったわね」

私は、ロボメイドに教える。

「海底の化け物を、退治しに来たのよ」

小休止を取る傍ら、師匠からの依頼内容を確認する。

「神を倒します。終わり」

「「なるほど……！」」

「ちょいちょいちょいちょい」

ロボが待ったをかける。

「なによ？」

「話はしょりすぎて伝わりません」

「あそう……まあいいわ。悪神《あくしん》っていう、悪い神様が地上には何体か封印されてるんだって。

師匠は、その封印がほつれてないかどうか調べ、封印を解いて暴れていたらそれを封じる役割を担ってるんだそうで」

全国放浪していたのは、そんな役割があったからなのね。

「この海底に悪神の一体がいるから、倒してこいだってさ」

「マスター。そんなのあのゴミにやらせておけばよいのでは？　自分の使命なのに」

ゴミて。

まあこのロボからすれば、師匠は娘をほっといて放浪するゴミ親みたいなもんなんだろうけども。

「どうにも師匠は、私が生きていた五〇〇年前と比べて力が衰退してるらしいのよ」

「はっ！　ざまぁ……！」

シェルジュ、ほんとに嫌いなのね、フラメル師匠のことが……。

まあわからなくもないけど。

「……フラメルさまはどうして力が衰退してるのでしょう？　不老不死の存在なのですよね？」

賢いゼニスちゃんが話についてくる。

トーカちゃんとダフネちゃんとスィちゃんは、食事ポーションをちゅうちゅうと吸って、黙って話を聞き流してる。難しい話は苦手なのよね。

「ま、不老不死っていっても、薬を使って寿命延ばしてるだけだし。完璧な生物ってわけじゃないから」

「……なるほど、無機物じゃないゆえに、ほころびは生じると」

「そゆこと。で、どうにもその悪神ってやつ、今二体同時に暴れてんだと。普段の師匠なら一人で二体相手にできるけど、力が弱ってるから、私に助力を願い出てきたってわけ」

しっかしあの完全無欠の師匠が、衰退なんてねえ……。

この五〇〇年でいろいろありすぎでしょ、天導教会とか。

「マスターがやってあげる義理はあるんですか？」

「ないわね。自分でやれよとは思うわ」

「ではなぜ手伝うんです？」

なぜと言われても、まああの馬鹿が私の師匠だからだ。

あの人が孤児だった私に力を授けてくれたから、今がある。

……まあ、なんというか、恩義的なものは感じてるのよね。

でもそれを人前で言うのははばかられるし、親に対して憎しみを抱いてるロボの前で言うのは、ちょっと気が引けた。

「ま、観光の一種かしらね。悪神とかいうやつの顔を拝んでみるのも面白いかなって」

「……観光スポットじゃないですよ、セイさま」

ゼニスちゃんが苦笑しながら息をつく。

「……しかし悪神がいる場所に、われらのような足手まといがついていってもよいのですか？」

「大丈夫なのです！」「主殿がいれば！」「…………！」

まあ可愛いこと言ってくれるじゃないの、奴隷ちゃんズ。

するとロボメイドもまたため息をつきながら言う。

「……気遣い下手」

「あん？　なんだよー」

「……別に、あのひとに恩義があるから、それを返したいって言えばいいのに」

どうにも私が気遣ったことがバレてるらしい。

「でもあんたそれ言ったら、拗《す》ねちゃうでしょ」

「ほぼ一〇〇％拗ねますね」

自分より親優《ししょう》先するのかみたいな感じで拗ねるって思ったわけだ。

「現在進行形で拗ねております。これは早急にご機嫌をとる必要があるかと」

「あ～？　なんでロボのご機嫌なんてとらないといけないのよ」

「問題。奴隷たちに何かあったとき、素早く動いて彼女たちの盾になれる優秀なロボメイド、ってだーれだ？」

「うっざ……」

日増しにこのロボが、人間っぽく……というかうざくなってる。

「ほらほら、マスター。魔力を供給しておくべきかと」

「はぁ？　今？」

「なう」

ふっ、とロボが余裕の笑みを浮かべる。

「それともマスターは、人前では恥ずかしいのですか？　やれやれ、とんだネンネです……むぐぅう!?」

私はロボの頭を摑んで抱き寄せる。

「……せ、セイさま!?　なにを!?」

「え、魔力供給」

私はロボの唇に、自分の唇を重ねる。

……このロボに魔力を渡す方法。それは、粘膜による接触なのだ。

どこのあほが考えた方法だよって……師匠が作った方法だ。

しかたないから私はこのロボに、口移しで魔力を渡すのである。

「あわわ……」「…………」「え、えっちいのでござる……！」「…………」

私は魔力を渡したあと、シェルジュから顔を離す。

「おら、これで十分だろ？」

「はい。とっても」

「まったく面倒な供給方法よね……って、どうしたのみんな？」

シスターズ、顔を真っ赤にしていた。

「お、おねえちゃんが……ちゅーしてたのです……」

「ふっ、すみませんねお子様にはこの映像は刺激が強すぎましたね。もっとも、ワタシとマスターとの大人のキスは……」

私は訂正しておく。

「キスじゃなくて魔力供給だから」

「マスター！　そんな事務的な言い方！　キスでしょ!?」

「ロボとのキスなんて壁に唇つけてるのと同じだし」

「なん……だと……」

その場に膝をつくロボメイド。

なんなん……？

「あ、あのあの！　だ、だふねも……おねえちゃんとちゅーしたいのです！」

「えー！　そんなぁ～……照れちゃうわよ～」

さすがにね、愛する可愛いダフネちゃんとちゅーは照れちゃうなー。

「…………」

ロボがふぐみたいに頬を膨らませて、私の肩をバシバシと叩いてくる。

「なによ？」

「ワタシのときとリアクションが違う」

「あんたとのは魔力供給。ダフネちゃんとのはちゅー。ＯＫ？」

シェルジュは再び不機嫌になってしまった。理由を聞いても頬を膨らませて、何も答えてくれないのだった。まじでなんなの？

☆

「悪神ってどんな見た目してるのかしらね」

ご飯休憩を挟んで、私たち一行は海を泳いでいく。

悪神を倒せと言われても、その見た目については何も聞いてないのよね。

「きっと〜……こう、怖ーい見た目なのです！」

ダフネちゃんが目じりを指で、ぴろんとつり上げさせる。

あらやだ可愛い。

「こんな可愛い悪神だったらいいのに」

「わぁ！　えへへ♡　可愛いって言われたのです〜♡」

海中でローリングするダフネちゃん人魚。

スィちゃんも一緒にローリングしていた。きゃわたん。

「……しかし、実際どうしましょう。実態のわからない相手を倒せだなんて」

エルフのゼニスちゃんはいつだって話を本筋に戻してくれるなぁ。

「悪神はなんか結界張ってるんですって」

「……結界？」

「不可視化の結界。それをぶち破れば、向こうも黙ってはいないでしょ。で、襲いかかってきたやつ、そいつが悪神。で、ぶっとばーす！」

なるほど……とゼニスちゃんがうなずく。

「目が合ったやつとバトルって、ヤンキーですかポ●モンですか？」

「なによ、ヤンキーって、ポ●モンって？」

「ふっ……マスターの知らないことを、ワタシだけは知ってる。知りたい？　ねえ、知りたい？」

うっざ……。

うざロボを放置して、私たちは適当に泳いでいく。

「お、あれかしら？」

ほどなくすると、目当てとしてる結界が見えてきた。

けれどトーカちゃんが首をかしげる。

「主殿？　あれ、とはどれでござるか？」

「ん？　だからこれよこれ。ねえ？」

はて、と奴隷ちゃんズとスィちゃんが首をかしげる。

あら、見えてない？

ロボメイドがすぅっと近づいてきて、ぽんと私の肩を叩いた。

「マスター。お疲れさまです」

「幻覚じゃねえよ」

「寝る前にホットアイマスクをつけるとよいかと」

「だから幻覚じゃないから」

「ホットミルク飲んで今日は早くお眠り」

「だーかーらー！　見えるんだって！　まじで！　ここに、ある！　結界が！　ある！　ねえ!?」

ふるふる、と奴隷ちゃんズが首を振ったあと、不安げな表情を浮かべる。

「おねえちゃん……」「主殿……くっ！　そこまでお疲れとは……」

「……セイさま。わ、わたしがお膝を貸しますので、どうぞお眠りください」

奴隷ちゃんズに心配されてしまった！

いらん心配されてしまった！

「大丈夫だから。ほら見て、かすかに魔力あるでしょ？」

ふるふる、と奴隷ちゃんズが首を振る。

あらまあ、見えないのかしら。

「マスター。おそらくは結界に合わせて隠蔽の魔法も使用してるのかと思われます」

「ほーん。でもどっちも魔法じゃん？　だから、魔力を帯びてるわけで、それを追えばたとえ隠蔽されててもわかるのよ」

ゼニスちゃんが感心したようにうなずく。

「……なるほど！　勉強になります！」

「えと、おねえちゃんすごーい！」「主殿はさすがでござる！　難しくてさっぱりでござるが！」「…………！」ぴょんぴょん。

ダフネちゃんたちは理解できなかったみたいだけど褒めてくれる。ちゅき。

「さって、じゃこれを爆裂ポーションでぶっ飛ばしますか」

「……水の中で爆発できるのですか？」

「できるのよ。水の中でも酸素があれば……こうやってね！」

私はポーションをぶん投げる。

ぼぼん！　と激しく爆発すると……。

結界が、ぶち破られた。よし！

「水の中で爆発できるなんて、主殿は物知りでござるなぁ！」

「どもども……さて、と」

ごごご！　と大きな何かが、こちらに向かって泳いでくる。

あれね。よし、ぶっとばーす！

☆

人魚化してる私たちの前に現れたのは……でっかいクジラ。

ただし生物的なフォルムではない。

レンガを積んで作った、人工的なクジラといえばいいだろうか。

『なんだ貴様は！　このトリトンの領域に無断で入ってきよって！』

「ほーん、あんたトリトンっていうんだ。私はセイ。ま、名前覚えなくて良いよ。今から死ぬあんたには、関係のないことだから」

「完全に悪役の台詞《せりふ》で草」

シェルジュがツッコミを入れてくる。

『ふん！　小娘が。復活したこの我を殺すだぁ？　たかが人間ごときが神を殺せるとでも？』

「うるさいクジラ。私は今すこーしいらってしてるんだ。付き合えよ……憂さ晴らしにさ！」

私はシェルジュに持たせておいたポーション瓶を、海中に放り投げる。

水の抵抗があるから、狙い通りすっ飛んではいかない。

「シェルジュ！」

私の投げた瓶をシェルジュが水中銃で狙撃。

海用の爆裂ポーション。

ぼぼんぼぼん！　と連続で爆発が起きる。

『ぬははは！　効かんわぁ……！』

水中で、あのばかデカい図体で、なかなか素早く動いてくるトリトン。

この環境下じゃこっちが不利か。

「よし、作戦を伝えるわ、みんな。トーカちゃんとスィちゃんは敵を捕縛して。ゼニスちゃんとシェルジュは敵をチクチクさせながら、ポイントに誘い込む」

「「らじゃー！」」

「ダフネはっ？」

「応援ヨロシク！」

「らじゃー！」

なにが悪神トリトンよ。

馬鹿でかいだけのクジラじゃないの。

やつはごおぉお！　と回転しながら泳ぎ出す。

渦潮が発生して、私をそこへ誘い込もうとしてきた。

私はそれを泳いで回避。

「いくでござるよスィちゃん殿！」

「……！」

トーカちゃんがウンディーネからもらったトライデントをぶん投げる。

それがクジラの側頭部にぶっささる。うぎゃ、痛そう〜。

スィちゃんは海中で水の竜を作り出し、クジラの動きを止める。

「にがさぬぅうううううううううう！」

トーカちゃんは馬鹿力でクジラを引っ張る。

クジラが逃げようとすると、すかさずゼニスちゃんとシェルジュが、遠距離から攻撃して嫌がらせする。

「おお、なーんか連係プレイうまくいってる感じ〜？」

相手の動きが止まった。私はいきおいよく、トリトンの口の中へと突っ込む。

『ふははは！　馬鹿が！　自ら神の供物となりに来るとはな！』

フッ……馬鹿が。

神の供物だぁ……？

「うるせえ！　私は……錬金術師だ！」

ありったけの爆裂ポーションを、私はトリトンの内部で、爆発させる。

ちゅどどどどどどどどぉおおおん！！！！！

やったか！

「マスター。敵の生命反応が消えていません」

ロボメイドのシェルジュが油断なく前をにらみつけながら言う。

こういう局面で冗談言うやつじゃないので、まだ生きてるってことかしら、敵は。

「……！　セイさま！　木っ端みじんになった肉塊が！　動き出しました！」

内部から破壊したはずの組織片が、徐々にくっついていく。

やがてまた大きなクジラへと変貌を遂げた。

「再生持ち、ね。ボスにふさわしいじゃん？」

『ふはは！　小さきサルが！　この我を殺せるとでも思ったか！　つけ上がるなよ下等生物がぁああああああああ！』

こぉおお！　とトリトンの口に魔力が集まっていく。

こりゃいかん。

「みんな集合……！」

私の号令で奴隷ちゃんズが集合する。ナイスだぜ！

私は海中でポーションを作る。
『死にさらせぇえええええええええええええええええ！』
クジラのやつが口から、高圧縮した水のレーザーを吐き出す。
水圧で鉱物は切れる。その原理を応用しての攻撃だろう。
私は上級ポーションの一つ、【結界《バリア》ポーション】を作成。
攻撃を無力化する、特殊なバリアを張る。
水流はバリアとぶつかる。バリアにはひびが入ってく。
私は二つ目のポーションを作る。
「【氷獄ポーション】！」
一瞬で水を凍結させるポーションだ。
水と反応して、トリトンの水流を凍らせる。
やつの体ががきぃぃん！と氷結するも……。
『ふははは！　きかぁああああああああああああん！』
氷を内側から破裂してみせた。
あらら、元気ねあいつ……。
「マスター。極低温によって死滅した細胞が、再生されています」
ロボが敵の体をスキャンした結果を伝えてくる。

弱点を探っているのを、やつは悟ったのだ。

こういう細かい気遣いができるんだから、普段のウザい言動をやめて、メイドに徹すればいいのにって思っちゃうわよね。

「なるほどね、なかなかの再生力のようね」

「お、おねえちゃーん……どうしよ～……」

ダフネちゃんとスィちゃんが、怯えたような表情を私に向けてくる。

にっ、と笑って私は二人の頭をなでた。

「だいじょーぶ。もう底は見えた。それに……段取りもついたし」

『ほざくな小娘ぇえええええええええ！』

ごぉおお！　とでかいクジラがこちらに向かって泳いでくる。

「拙者が止めます……！」

「ううん、大丈夫。……もう、終わったから」

「いったいなにを……？」

そのときだ。

ドガァアアアアアアアアアアアアアアアン！

トリトンの体が、木っ端みじんに破裂したのである。

ゼニスちゃんが目を丸くする。

「……これは、爆裂ポーション？　しかし、いつの間に敵の体の中に……？」

「ううん、体の中には入れてないわ。ただ……やつの周りの海水を、ポーションに変えたのよ」

結界、氷獄、そしてクジラの持つ消化酵素。

三種を混ぜ合わせることで、さらなる爆発を生む薬液を生成したのだ。

「昔から言うでしょ？　混ぜるな危険って。闇雲に私がポーション作ってたわけじゃないから」

クジラは哺乳類。海水を体内に取り込む。

液体爆薬となった海水をやつは取り込み、その結果体内で爆発を起こす。

再生しようが、関係ない。

周りに水がある限り、爆発は連鎖し続ける。

『ぎ、ぐぐ！　だ、だが……我は死なぬ！』

「死なないけど、痛みはあるんでしょ？」

にっこり、と私は笑う。

「あんたが音を上げるまで、体の内側からぼっかんぼっかんやってやるわよ」

「マスター、鬼です」

「いいえ私は錬金術師よ」

「お、久しぶりですねそのセリフ」

さてさて、あと何回死ねばギブしてくれるかしら……？

☆

無限に再生するクジラに対して、私は永遠に爆発し続けるよう、爆裂ポーション無限コンボを使った。

その結果どうなったかというと……。

『さーせんでした！！！！！　もう許してくださいっす！！！！！』

海中の私たち。

目の前にはでっかいクジラ……悪神トリトン。

「なーにもう音を上げたの？」

『はいっす、もう勘弁っす……』

たった一時間くらいでギブなんて、神のくせに軟弱ものね。

トリトンは私の前で、まるで生まれたての子鹿のように震えている。

「ちょっとそんな怖がらなくて良いじゃない」

「さすがマスター。無限爆裂コンボを決めておいてその台詞、なかなか言えたもんじゃありません」

私の隣にいるロボメイド（※防水加工バージョン）が半笑いで言う。

「馬鹿にしてるでしょ？」

「さぁ〜？　どうでしょう。体に聞いてみます？　夜戦しちゃいます？　きゃっ♡　も〜♡

ワタシの体は安くないんですよ〜」

「で、これからだけど」

「スルーですかそうですか撃って良いですか？」

いいわけねーだろ。

「師匠の依頼は悪神の暴走を止めろってことだったんだけど……どーすっかしらね」

手っ取り早いのはぶっ殺すことだけど、このクジラは無限に再生し続けるんだよなぁ。

『絶対に暴れないっす！　約束するっす！』

「却下。信じられませんな」

『そんなぁ……！』

「人間、そう簡単に変われないものよ。一度の過ちを犯して、もうしません！　って言ってるやつほど、再犯するもんなんだから」

『しないっす！　まじっす！　もう一生海の底でおとなしくしてるっす！』

「信じられまっせーん」

『そんなぁ〜……』

絶望し切った顔で、情けなくべそかいてる悪神。

神の威厳ゼロねこりゃ。

「あのぉ～……」

ダフネちゃんが近づいてきて言う。

「なんだか、クジラさん……かわいそうなのです～……」

シェルジュがあきれたようにため息をつく。

「かわいそう？　何を言ってるのですかダフネさま。この悪神は人界に被害を及ぼした罪人です。生かしておく理由なんてまったくないですし、マスターの理解者であるワタシはマスターがこいつを許さないのはわかって……」

「うん、じゃあ生かしておこう！」

「生かしておくんかーい」

ぺん、とシェルジュが私の胸をはたく。

「いやだって、ダフネちゃんがかわいそうって言うから」

「やったー♡」

ぐぬぬぬ……とシェルジュが悔しそうに歯がみする。

「……ワタシのことはないがしろにして、そんなに奴隷ちゃんズがいいんですか？　長年の相棒より可愛くて従順な奴隷の方がいいんですか？」

「うん」

「がーん……しょぼんです。このまま自殺しちゃおっかなー？　ちらちら」

「さて、これからの方針なんだけど……」

シェルジュが頬を膨らませて、私の胸を何度もぺんぺん叩いてくる。

「なによ？」

「自殺しちゃおうっカナー？」

「どうやって？」

「額に銃を突きつけてパーン！」

「はいはい、ロボがそんなので死にません」

「マスターが……ワタシを、ないがしろに……する……しゅん……ちら？」

うざメイドはほっときます。

「てことで、トリトン。あんたは生かしておいてやるわ。ダフネちゃんに感謝なさい」

『うぉおお！　あざっすダフネの姉御ぉおおおおおお！』

うっとうしいクジラね。

焼き魚にしてやろうかしら。ん？　クジラって魚類……？　ま、魚類でしょう（適当）。

「マスター、クジラは哺乳類です」

「あら、自殺しちゃうんじゃなかったの？」

「マスターがかまってくれないのでやめておきました」

このかまってロボメイドめ。

「……でもセイさま。この悪神を殺さないでおくとして、どうするんです？　管理下から離れたら、また暴れるかもしれないですよ？」

頭よしこちゃんのゼニスちゃんの、大変ごもっともな意見。

「もちろん。だから、こいつは持っていきます」

「「『も、もってく……？』」」

私はシェルジュのストレージから、ポーションを取り出す。

「ゆけ！　怪物《モンスター》ポーション！」

海中で投げたポーション瓶は……。

海の抵抗で、前に飛んでいかなかった。

「「「…………」」」

「い、今のなし！　シェルジュ！　これあいつにぶっ放して！」

「かしこま☆　やはりマスターにはこの頼れるメイドが必要ですね☆」

ああもう！　はずかしかった！

私の作ったポーションを、シェルジュがランチャーに装填し、発射する。

ポーション瓶がクジラにぶつかると……。

『か、体が小さくなってくぅうううううううううううううぅぅぅぅう！』

みるみるうちにクジラが小さくなり、ポーション瓶の中に、入った。

「さながらボトルシップね」

クジラ入り瓶を手に取って言う。

「主殿、今のはなんでござるか？」

トーカちゃんがしげしげと、瓶入りクジラを眺めて訊ねてくる。

「これは怪物ポーション。ぶつけた生物を小さくして、この中に閉じ込めて持ち運べるの」

「おお！　便利でござるなぁ！」

「ポーションであってボールではありませんよ？」

シェルジュが意味不明なことを言う。

「はいじゃ、ダフネちゃん。このクジラ入り瓶をあなたにプレゼントふぉーゆー」

「わぁ！　ありがとうおねえちゃん！」

これに入れておけば、いざというときに、瓶から取り出して戦わせることができる。

魔法が使えるゼニスちゃん、武術の心得のあるトーカちゃん、銃が使えるロボ。精霊の力を使えるスィちゃん。

みんな自衛手段があるなかで、ダフネちゃんにはなかったからね、力。

だから任せることにしたの。

「さ、一件落着ね。帰りましょうか」

「「「おー！」」」

そんな中でロボメイドシェルジュが小首をかしげながら言う。最近動作がいちいち人間っぽくなってきたわね。ロボのくせにこざかしい。

「戻るといっても、どうやってですか？　かなり距離がありますが」

「そんなときに、手に入れたパシリの出番でしょう？　ダフネちゃん」

ラビ族奴隷のダフネちゃんは可愛らしく小首をかしげる。きゃわわん。そのままお持ち帰りしたい。

「マスター、ワタシのときとリアクションが違います」

「ダフネちゃん、ゲットした悪神を使って、地上まで乗せてってもらいましょう」

「マスター、無視してはいけません。さみしくて死にます」

うざロボをほっといて、ダフネちゃんにトリトンを使わせる。

「どうやって外に出すです？」

「それは……」

「ここはワタシが説明いたしましょう」

またシェルジュが邪魔してきよった。ったく、すぐ割り込んでくるわね。なんだてめえ、かまってちゃんか？

あ、かまってちゃんか。

「ダフネさま、このポーション瓶をですね」

「ふんふん……わかったのです！」

ダフネちゃんがうなずくと、胸につけていたポーション瓶を手に取る。

「えとえと……【トリトン、君に決めた！】のです！　えーい！」

ぺいっ、とダフネちゃんが瓶を投擲する。

海の中なので、投げても前には飛ばなかった。わかる、それさっき私もやったわ。

「てゆーか今の何？」

「様式美というやつです」

「あ、そう。シェルジュ。撃ってあげて」

シェルジュが銃弾で、投げた瓶を撃ち抜く。

怪物ポーションは、瓶を壊さないと中に閉じ込めた怪物が出てこないのよ。

ポーション瓶が壊れると……。

中から、馬鹿でかいクジラが出現する。

『さっそくのお呼びっすねダフネの姉御！』

さっきまで調子に乗っていた神（自称）だけど、今ではすっかり私たちの舎弟だ。

「おい三下。マスターの姉御への挨拶が先だろうが？　ああん？」

シェルジュがクジラにがん飛ばしていた。

別にいいんだけど、挨拶とか。

『ひぃいい！　さ、さーせんした！！！！　セイの姉御！』

ぺこぺこと何度もクジラが頭を下げる。

「あーあー、もういいから。さっさと私ら乗っけて、地上までつれてって」

『あいあいさー！』

がばっ、とトリトンが大きく口を開く。

『ほほなはに、はひっへふははい』

「シェルジュ、アレなんて言ってるの？」

「ロボメイドをもっと愛してください、とおっしゃってるのでは？」

「みんなー、こいつの口の中に入るわよー」

「マスター、いけずぅ～」

私たちはクジラの口の中に入る。水がすぅ……と抜けていく。

私たちは変身をといて、人間の姿に戻った。

「あんた、私ら消化したらただじゃすまないわよ？」

『ひぃ!!　そ、そんなことしないっすよ！　それより……客室がありますので、そちらにご移動ください』

「客室？」

私たちがいるのはクジラの口の中だ。

端っこの壁が、にゅぅう……と変形し、穴が開いた。

私たちは穴をくぐると……。

「あらま、お部屋になってるじゃないの」

ベッドやソファといった、生活していくのに必要な調度品が用意してあったのだ。

「あんたが飲み込んだもの？」

『いえ、我の力っす。体内限定で、我の思い描くものを創造する力です』

「あれま、役に立つわね」

『光栄っす！』

なんかうれしそうなクジラ。

ロボメイドが不満げにうなりながら言う。

「＋10ポイントですね」

「なんのポイント？」

「セイさまポイント」

「なんのポイントよ……」

たまるとなんかいいことでもあるのだろうか。私に？

「まいいわ。私らは優雅に船旅するから、さっさと地上へ送ってちょうだいな」

『了解っすー！』

エピローグ

Tensai Renkin Jutsushi ha Kimamani Tabi Suru

セイ・ファート一行が悪神を討伐し、舎弟にすえて、旅に出た……。

それから数日後。

Sランク冒険者フィライトたちは、セイが使っていた無人島へとたどり着いた。

「ここにいたはずなんですのね、ウフコック！！！」

フィライトが聖騎士ウフコックにそう尋ねる。

彼女は嗅覚に優れる。

遠く離れたフォティヤトゥヤァからここまで、においをたどってきたのだ。

驚異の嗅覚といえる。

「……ああ、しかし、海に入ったみたいだな。それからにおいが消えてる」

「くぅう……！　また足取りが消えてしまいましたわー！」

……さて。

フォティヤトゥヤァでの騒動があってから今日まで、彼らは何をしていたか。

あの国は未《いま》だごたついていた。

セイ・ファートがダンジョンを突破したあと……。

フラメルとシェルジュによる大乱闘があった。

セイのポーションで元通りにはなったものの、あれだけの騒ぎを起こしたことで、周りの魚類型モンスターが活性化したのだ。

セイのポーションの効果でモンスターが街へ入ってくることはなかったものの、モンスターの対応に追われてたため……。

セイたちに遅れてしまったわけだ。

「また手がかりが途絶えた……ですが！　わたくしは諦めませんわー！」

フィライトは未だセイ・ファートと邂逅《かいこう》を果たしていない。

だが、諦める気はさらさらない様子だ。

「はいはい……そっちもいいけどよぉ、化けクジラの調査もあんだろうがよぉ」

「そうでしたわね」

フォティヤトゥヤァの街で依頼を受けたのだ。

この海域で、最近化けクジラの姿が確認されたと。

ちょうどセイを追うついでということで、調査しているのだが……。

「……そっちも見当たらんな」

「だなぁ……近海で頻繁に目撃されてたみてーだけどよぉ……」

と、そのときである。

「お、かわい子ちゃんではあるまいか」

「！　あなたは……確か、ダンジョンで出会った……七色髪のひと！」

セイの師匠……フラメルがいつの間にか現れていたのだ。

身構える、ウフコックとボルス。

女たちを連れ去っていったこと、そして、街をぶっ壊した犯人であるため、当然警戒する。

だが男ども（ウフコックは女だが）をスルーして、フィライトの手を握るフラメル。

「お嬢さん、こんなとこにどんなご用事ですかの？」

「わたくしは銀髪の女神さまを追って……あと、化けクジラの調査に」

「それは残念じゃのぅ。もうおらんよ」

「わかるんですの？」

「ああ、わしはすごいからなっ」

理屈はわからないが、このフラメルという女に異常な力があることは、先日のダンジョンでの事件で知っている。

ゆえに、この女の言ってることは事実であり、銀髪の女神さまもいないのは確かである。

「どこへ行ったのでしょうか？」

「さぁのぉ……銀髪の女神とやらの魔力は北上していったがな」

「！　ありがとうございます！！！　聞きましたみなさん、北ですわ！」

今すぐにでも飛んでいきそうなフィライトの、首根っこを摑むボルス。

「おいあんたよぉ、化けクジラの情報なんかねーか？」

「ん？　ああ……それは銀髪の女神とやらが討伐したようじゃな」

「なんと！　やはり……！」

フィライトが、キラキラした目を彼方《かなた》にいるであろうセイに向ける。

「どこにいても、どんな問題も察知して、たちどころに解決してしまわれる！　やはり！　銀髪の女神さまは素晴らしいですわ！！！」

……実際にはそこにいる七色髪の女の尻拭いを、嫌々しただけだったが……。

なんだったら討伐したんじゃなくて、舎弟に加えたのだったが……。

彼らは、やはり真実には到達できないのであった。

☆

私ことセイ・ファートは師匠からの依頼で悪神を討伐してきた。

用事を済ませた私はとっとと師匠のもとから離れることになったのだった。

「はぁ〜……快適ですわ」

トリトンの中は豪華なホテルみたいな内装になっている。

私は優雅にソファに座って、ワインを飲んでいる。

「もう一生船旅でもいいかも」

悪神の中は快適な温度で保たれている。

不思議と船の揺れを感じず、船酔いは一切しない。

「おねえちゃんっ！　ワインのおかわりなのです！」

「あらあら、ダフネちゃん。そんなことしなくていいのに」

ダフネちゃんがワインボトルを持って、ニコニコしながらやってくる。

「ううん、お姉ちゃんお疲れだもん！　ダフネが……お、おて、お手伝いするのです！」

「なるほど……じゃ、おいで。ダフネちゃんには、もふもふふわふわさせてもらおうかな」

「はいなのですっ！」

ダフネちゃんがワインボトルをテーブルに置くと、私のそばまでやってくる。

私の膝上に、そのキュートなお尻を乗っけてくる。

ふわふわの緑色の髪の毛をもふもふさせてもらう。あー、気持ちえーんじゃー。

「……！」

スィちゃんが部屋に入ってくると、すてててっと近づいて私の隣に座る。

すりすり、と頰ずりしてきた。

「スィちゃんはなんて？」

ダフネちゃんはウンディーネの里で、水精霊の声が聞こえるようになったのだ。

「お姉さませーぶんをほきゅーしたいですわ、だって。なんでしょ～？」

「ねー、なんだろうね」

ま、可愛いからいっか。

「む！　主殿！」

「……セイさま、ここにいらしたのですか？」

トーカちゃんとゼニスちゃんも私のもとへとやってきて、くっついてくる。

わはは、両手に花どころじゃあないなぁ。

「いいご身分ですねマスター」

「出たなポンコツロボメイド」

じとーっ、と入り口でこちらを見てくるロボメイドのシェルジュ。

「わりーなロボ子、私の隣はもういっぱいなんだわ」

「別に気にしてません。どうぞご自由に」

じゃきっ、とロボが右手を変形させて、ジェットブローを発動させる。

すさまじい突風が吹いて奴隷ちゃんズがすってんころりんする。

「おっといつの間にか隣があいたようですね。では失礼して」

シェルジュが私の隣に遠慮なく座ってくる。

「あんたね、何が気にしてないよ。この子たちを無理矢理どけて」

「別に私は掃除をしようとしただけです」

「この部屋にちり一つ落ちてませんけどぉ？」

「あーあー、聞こえなーい」

ロボメイドがくっついてくる。奴隷ちゃんズたちもくっついてきた。

私は……彼女たちのぬくもりを感じながら目を閉じる。

あー……疲れた。

おまけ　なぜなに聖女さま　～師匠との出会い編～

Tensai Renkin Jutsushi ha Kimamani Tabi Suru

ある日のこと。優雅な船旅をしている私たち。

船内で、若干暇を持て余してるタイミングで、シスターズの一人、ゼニスちゃんが私に尋ねてきたのだ。

「……セイさま。フラメルさまのもとでは、どのように過ごしていたのですか？」

……ダフネちゃんに、おやつのクッキーを食べさせてるところに、そのような質問。

ダフネちゃんは自分から口を近づけ、私の持っていたクッキーをぱくり。

「あのくそ師匠のもとで？　どんなふうに過ごしてたか？　ですってえ？」

びくん！　とゼニスちゃんが怯えた表情をする。おっといけない、どうやら感情が表に出てしまったようだ。怯えさせてはいけない。聖女スマイル（にっこり）。聖女じゃないけど。

「別に、普通よ、普通」

「しかし普通に過ごしてるだけでは、セイさまの尋常ならざる奇跡の術は身につかないかと。なにか、フラメルさまのもとで、特殊な訓練を受けていたのでは？」

「あー……まあ、特殊かどうかはわからないけど、訓練は受けてたわね。知りたい？」

「ぜひ！」

ふぅむ、ゼニスちゃんは知的好奇心旺盛な子だから、気になるのかもね。

でもなぁ、私昔話って好きじゃあないのよね。特に、子供時代は。

「ではマスターに代わって、ワタシこと有能メイドさんことシェルジュが、当時の映像を編集して、動画として流しましょう」

「いつの間に……」

「主人が嫌がる仕事を率先して行う。これこそ、できるメイドというものです」

どやぁああ……と得意顔のシェルジュ。ま、いっか。

「じゃ、任せるわよ」

「ではマスターとフラメルの出会い編、始まり始まり～」

シェルジュの目から、ビームが出る。

「び、びーむが出てるでござる!?　す、すごいでござるよぉ！」

「有能メイドは有能なので、目が映写機の代わりとなっております」

空中に、当時のシェルジュが見た映像が流れる……。

☆

『おしょーさまぁ♡　だぁいすき〜♡』

……うわあああ。見たくない映像がぁあああああああ！

「シェルジュ！　ストップ！　やめろごらぁあ！」

「ドントストップミーナウ」

「スクラップにするぞてめえ！」

淑女らしからぬ怒鳴り声を上げる私。一方、過去映像を見ているダフネちゃんたちが、ぽかーんとしてる。

「あ、主殿……？　あの、可愛らしい銀髪の幼女は、主殿の昔の姿でござるか？」

くぅぅ……見られてしまった以上、否定できないわね。言いたくないけど。

まあ、この子たち、ちょーいい子たちだから、私を馬鹿にするようなこと言わないし、いっか……。

「そう。若き日のセイ・ファートよ……」

「おねえちゃんは、今もわかいですー！」

ダフネちゃん！　おーー！　可愛い妹よぉ！

よすよす、と私はダフネちゃんの頭をなでる。スィちゃんがやきもちを焼いたのか、頭をぐいぐいとくっつけてきた。きゃわよん。

『おししょーさま～！』

幼き日の私が、フラメル師匠のあとをくっついて歩く。カルガモの子供みたいだわ。

「当時マスターは、フラメル師匠にぞっこんでした」

「まあ、孤児で行き場のない私に、救いの手を差し伸べてくれたからね。ヒーローに見えたのよ。あのときは」

フラメル師匠は、最初から私を弟子として育てる気で拾った……と思ってたんだけど。

「いちおう、私に選ばせてくれたのよね。普通の人生を歩む道か、フラメル師匠のあとをついで、錬金術を極める道かを」

「……普通にいい先生ですね」

ゼニスちゃんの言葉に、うんうんとシスターズがうなずく。

うんまあ……事情を知らないこの子たちからすれば、そう見えるかもね。

「確かにまあいい先生よ。錬金術が絡みさえしなきゃね」

映像が切り替わる。

幼い私が、フラメル師匠に言う。

『おししょーさま！　わたしも、ふらめるおししょーみたいに、つよくてかっこいい、れんきんじゅちゅちに、なりたい！』

「ぷーくすくす、じゅちゅち。ぷーくすくす」

「スクラップにするわよロボ子さんよぉ？」

冗談はさておき。

映像の中では、幼い私が道を間違える姿が映し出されていた。

『おしょーさまは、わたしを弟子にするために、ひろったんでしょ？　わたし、いまのまま、おしょーさまのもとで、何もできない子でいるの、いやなの！　おしょーさまに、おんをかえすために、わたし！　弟子になる！　おしょーさまの、すごい奇跡の技を、みにつけたい！』

……ああ、恥ずかしい。

なんと若い、若いというか、青い。いや青いというか痛々しい……。

「憧れの人と同じ職業につきたい。いやぁ、青いですねぇ幼女セイちゃん」

「やかましいわ！　あの頃はほんと、馬鹿だったのよ……このあと、地獄を味わうと知らないから……」

シスターズが首をかしげる。地獄って言われてもわからないよね。

映像の中で、フラメル師匠がにんまりと笑う。

『そうかい、わかったよ、可愛いセイ。では、君を今日から、本格的に錬金術師の弟子に迎えよう』

『ありがとう！　おししょーさま！』

『今日から君は弟子だ。弟子は師匠の言うことを素直に聞き、そして順守すること。できるね？』

『もちろんです！』

『よし、では今日からさっそく、合宿を行おう』

映像が切り替わる。

そこは……何もない無人島だった。

『あ、あのぉ……おししょーさま？　ここでなにを……？』

『うん、とりあえず一か月、ここでサバイバルしてもらうね』

『え？　サ、サバイバル？』

『じゃ！　一か月後に迎えに来るから！』

そう言って、フラメル師匠は何も教えずその場から消える。

無人島には、幼い私だけが残される。ぽかんとする幼い私を見て、シスターズたちがぽかーんとしてる。でしょうね……。

「マスターはこのあと、一か月にわたる過酷なサバイバル生活を余儀なくされました」

「児童虐待で捕まればいいのに……」

ゼニスちゃんが恐る恐る手を上げる。

「あ、あの……これは本当に修行の一環だったのですか？」

「ええまあ、うん……いちおう、錬金術の基礎をね、このサバイバル修行で身につけはしたわよ。だから、修行といえば修行なんだけど……」

何も知らない私を、とりあえず無人島に放置、しかも一か月とか……。

普通にありえなくない!?

「生活用具や錬金術の教本はもちろん、置いていかれたのですよね？　さすがに？」

ゼニスちゃんが恐る恐る尋ねてくる。だが……甘い。甘いよ。

私も、そしてシェルジュも首を振る。

「あの馬鹿は、私に何も教えてくれなかったし、道具も本も置いてってくれなかったわ。だから、島の中で自給自足しなきゃだったし、錬金術の知識は、師匠との生活の中で見聞きしたものを、自分の中で咀嚼《そしゃく》し、理論立てて実践するしかなかったの……」

そうやって、私は錬金術の基礎を身につけたのだけど……。

「やり方が……ひどすぎるのです！」

ダフネちゃんもそう思うよねえ……うんうん。

「そのあともマスターは錬金術の修行と言っては、人外の魔境に放り出したり、モンスターと戦わせたりした。着実に錬金術師としての知識と経験、そして技術を身につけ、今に至るのでした。以上。ご清聴ありがとうございました」

しーん……。

うんまあ、そうなるよね！　ドン引きだよ！　普通に！

「おねえちゃあん……」「主殿……こんなに苦労なさってて……くぅ！」

その日は嫌なことを思い出してつらい気持ちになったけど、そのあとシスターズが過剰に、私を甘やかしてくれたから、プラマイゼロってことにしたのだった。

あとがき～Preface～

はじめましてのかたは、はじめまして。ウェブ版や一巻からの方はこんにちは。作者の茨木《いばらき》野《の》と申します。

本シリーズも二巻目になりました。無事に二巻が出せたのは、応援してくださった皆様のおかげです。本当にありがとうございます。

本作、コミカライズが開始されます。『電撃大王』様で、十二月末日発売号からスタートとなります！　作画を担当してくださるのは、『明日《あす》かかん』様！　めちゃくちゃ可愛《かわい》くキャラクターを描いていただいております！

特にセイちゃんが、最高なんです。可愛く、美しく、しかしとぼけた感じのある、セイちゃんを見事に表現なさってくださってます！　めちゃくちゃ面白いので、ぜひ！

さて、二巻目のストーリーについて軽く説明します。

エルフの国で大暴れした錬金術師のセイ・ファート。二巻目でも相変わらず、水の精霊を助けたり、砂漠の国を救ったりして、まわりから聖女様扱いされる、というストーリーとなっております。新キャラで師匠が出てきたり、新しい妹が加わったりしますが、基本、一巻と同じくゆるく旅する＋無自覚無双する内容となってます。

謝辞です。イラストを担当してくださった、『麻先《まさき》みち』様。今回も最高のイラスト、ありがとうございます！　表紙のセイちゃん＋シェルジュの絵がグッドでした！

続いて担当のN様。一巻に引き続き、二巻も素敵な本に仕上げてくださり、ありがとうございます！

そしてなにより、この本を手に取ってくださってる読者の皆様。

本が出せたのは、皆様のおかげです！　ありがとうございました！

最後に宣伝です。

別の出版者様ですが、『有名VTuberの兄だけど、何故《なぜ》か俺が有名になっていた』というシリーズを出版しております。こちらは現代を舞台としたラブコメとなっておりますが、本作同様主人公が無自覚に無双するみたいな内容となってます。本作が楽しめた方なら、満足できるかと思います！　こちらもぜひお手に取ってくださるとうれしいです！

それでは、また皆様とお会いできる日まで。

二〇二三年一〇月某日　茨木野

電撃の新文芸

天《てん》才《さい》錬《れん》金《きん》術《じゅつ》師《し》は気《き》ままに旅《たび》する2
〜500年《ねん》後《ご》の世《せ》界《かい》で目《め》覚《ざ》めた世《せ》界《かい》最《さい》高《こう》の元《もと》宮《きゅう》廷《てい》錬《れん》金《きん》術《じゅつ》師《し》、ポーション作《づく》りで聖《せい》女《じょ》さま扱《あつか》いされる〜

著者／茨木《いばらき》野《の》
イラスト／麻《ま》先《さき》みち

2023年12月17日　初版発行

発行者／山下直久
発行／株式会社ＫＡＤＯＫＡＷＡ
〒102-8177　東京都千代田区富士見2-13-3
0570-002-301（ナビダイヤル）
印刷／図書印刷株式会社
製本／図書印刷株式会社

【初出】

本書は、「小説家になろう」に掲載された『天才錬金術師は気ままに旅する〜世界最高の元宮廷錬金術師はポーション技術の衰退した未来に目覚め、無自覚に人助けをしていたら、いつの間にか聖女さま扱いされていた件』を加筆・修正したものです。
※「小説家になろう」は株式会社ヒナプロジェクトの登録商標です。

ISBN978-4-04-915209-8　C0093　Printed in Japan

ファンレターあて先
〒102-8177
東京都千代田区富士見2-13-3
電撃の新文芸編集部
「茨木野先生」係
「麻先みち先生」係